Los jardines secretos de Mogador

de Mogador

Voces de tierra

Alberto Ruy Sánchez

Los jardines secretos de Mogador
Voces de tierra

LOS JARDINES SECRETOS DE MOGADOR
D. R. © Alberto Ruy Sánchez, 2001

De esta edición:
D. R. © Aguilar, Altea, Taurus, Alfaguara, S. A. de C. V., 2001
Av. Universidad 767, Col. del Valle
México, 03100, D.F. Teléfono 5688 8966
www.alfaguara.com.mx

- Distribuidora y Editora Aguilar, Altea, Taurus, Alfaguara, S.A.
  Calle 80 Núm. 10-23, Santafé de Bogotá, Colombia.
- Santillana S.A.
  Torrelaguna 60-28043, Madrid, España.
- Santillana S.A.
  Av. San Felipe 731, Lima, Perú.
- Editorial Santillana S. A.
  Av. Rómulo Gallegos, Edif. Zulia 1er. piso
  Boleita Nte., 1071, Caracas, Venezuela.
- Editorial Santillana Inc.
  P.O. Box 19-5462 Hato Rey, 00919, San Juan, Puerto Rico.
- Santillana Publishing Company Inc.
  2105 NW 86th Avenue, 33122, Miami, Fl., E.U.A.
- Ediciones Santillana S.A. (ROU)
  Constitución 1889, 11800, Montevideo, Uruguay.
- Aguilar, Altea, Taurus, Alfaguara, S.A.
  Beazley 3860, 1437, Buenos Aires, Argentina.
- Aguilar Chilena de Ediciones Ltda.
  Dr. Aníbal Ariztía 1444, Providencia, Santiago de Chile.
- Santillana de Costa Rica, S.A.
  La Uruca, 100 mts. Oeste de Migración y Extranjería, San José, Costa Rica.

Primera edición: noviembre de 2001
Tercera reimpresión: octubre de 2002

ISBN: 968-19-0879-1

D. R. © Diseño de cubierta: Lourdes Almeida, a partir de una fotografía
de Lenhert y Landrock (c. 1904), y una caligrafía de Hassan Massoudy
que dice: "Nosostros somos el jardín".
D. R. © Caligrafías: Hassan Massoudy • Las caligrafías tomadas de su libro
Le Jardin Perdu, Editions Alternatives, París, se reproducen por cortesía
de su autor

Impreso en México

Tercera espiral

Jardines del instante

Cuarta espiral

Jardines íntimos y mínimos

Para mis cómplices exploradores
de jardines extravagantes:
Margarita, Andrea y Santiago

Nadie puede estar seguro de que su cuerpo
no sea una planta que la tierra ha creado
para dar un nombre a sus deseos.
Lucien Becker

El sueño sobre mi carne
asegura su isla leve.
José Lezama Lima

El árbol va y viene en su sombra.
Adonis

El mundo visible es tan sólo
una huella de lo invisible
y lo sigue como una sombra.
Al-Gazali

Primera espiral

La búsqueda sonámbula
de una voz

1. Amanece, lentamente… y era como si la luz cantara

Era en Mogador la hora en que los amantes despiertan. Todavía traen los sueños enredados en las piernas, tras los ojos, en la boca, sobre las manos vacías.

De un beso a otro ellos duermen. El mar ruge hacia el sol y los despierta. Pero ellos abren los ojos muy adentro del sueño, donde se aman y se gozan y también a veces padecen.

Era en Mogador la hora en que todas las voces del mar, del puerto, de las calles, de las plazas, de los baños públicos, de los lechos, de los cementerios y del viento se anudan, y cuentan historias.

En la Plaza Mayor de Mogador, un hombre traza un círculo imaginario con la mano extendida y se coloca en el centro. Más que un círculo es una espiral que arranca en sus pies. Levanta los brazos al cielo y convoca a los vientos. Lanza al aire una mascada púrpura. La comprimió con las manos como una piedra antes de aventarla. Se abrió arriba de golpe y fue descendiendo lentamente hasta su puño inmóvil, como un halcón que regresa: señal favorable. Lo invisible está de su parte.

Es el contador ritual de historias, el halaiquí. Su voz se desteje esta mañana como una serpiente cauta saliendo de su cesta. Y se convierte en un llamado hipnótico en el aire. Un ave de presa que atrapa la atención de los que pasan.

Muy pronto lo rodean viejos y jóvenes, mujeres y hombres. En cada uno despierta curiosidades inmediatas y antiguas. Y el contador se presenta ante todos. Viene de muy lejos:

> Vengo movido por mi sangre.
> Por su música.
> Vengo orientado por mi lengua.
> Por su sed.
> Todos los días me visto de vientos,
> de mareas, de lunas.
> Y aquí, cuando me escuchan,
> de todo eso me desvisto.
> Soy tan sólo el aire de lo que cuento.
> Una voz sonámbula.
> Una voz que busca trastornada
> la intimidad de la tierra.

El halaiquí hace ademanes que la gente sigue tanto con la mirada como con la respiración. Mira a cada uno a los ojos. Cambia de tono y dice:

Hoy vengo a contarles la historia de un hombre que se transformó en...

Y se detiene como si otra idea cruzara por su mente interrumpiéndolo. Se dirige a un anciano sentado al frente, que lo mira asombrado como un niño.

—¿Sabes en qué se convirtió ese hombre?

Luego a otro, más atrás, que baja los ojos; a una mujer que casi se le escapa; a un niño atemorizado.

—¿Alguien puede decírmelo? Haré algo especial para el que adivine. Un premio, una sorpresa.

Un grupo de jóvenes decide probar suerte. Consultan entre ellos. Uno convence a los demás de que ya ha oído esta historia y con ademanes de seguridad se aventura al frente para decir:

—Se convirtió en un perro.

El halaiquí lo niega con la cabeza. Todos ríen y se animan de golpe a gritar lo que habían pensado. Cada quien tiene una idea y brotan cien al mismo tiempo:

"Se convirtió en pez. No, en pájaro. En viento. En mujer. En mar. En piedra. En río. En nada. En un mosquito. En dragón. En lluvia. En un sueño. En dátil. En granada. En gato..."

El halaiquí deja que casi todos digan algo. Finalmente hace con las manos un gesto brusco que exige silencio. Recorre con la mirada los ojos de todos en el círculo. Gira de prisa desde el centro y al detenerse dice lentamente:

—Se convirtió en una voz. Una voz que busca ser escuchada con especial atención por la persona que ama. Que desea ser recibida en esa intimidad como semilla en la tierra. Una voz que necesita ser fértil: sensible a la tierra que la recibe, si la recibe. Esta es la historia de un hombre que se convirtió en una voz para habitar el cuerpo de su amada. Para buscar en ella su paraíso, su jardín único y secreto. Ese hombre tuvo que enfrentar varios retos para transformarse en esa voz de tierra. Y ninguno de sus avances resultaba definitivo.

Esta es mi historia… y nueve veces nueve comienza.

2. Jassiba jardinera obsesiva

Aquella mañana tuve finalmente que aceptarlo. Se había apoderado de Jassiba una extraña obsesión por los jardines. Comenzó como cualquier otra manía: con una mirada extraña, indescifrable. ¿Qué veía Jassiba en todo con esa nueva fijeza? Al principio no le di mucha importancia.

Luego parecía dejarse hipnotizar por ciertas flores como si mirara al mar o al fuego. En todos los rincones de la ciudad y hasta en las calles quería sembrar árboles. No sólo quería entrar en el patio interior de todas las casas de Mogador donde hubiera el menor indicio de una planta sino que, además, comenzó a mirarnos a todos y a todo como si fuéramos parte de algún jardín en movimiento.

Según ella, sus amistades se marchitaban o florecían, algunas se plagaban. Había también personas que eran flores de un día. Injertos, abonos y podas eran algunas de sus palabras favoritas para describir todo lo que hacía y por qué lo hacía. Para ella el mundo entero se convirtió de pronto en la transcripción de un gran jardín, el jardín que contiene a todos los jardines.

Un día la sorprendí sentada cerca de su ventana, ofreciendo su piel al primer sol del día. Los pies primero, luego las piernas y más tarde la madeja de su pubis, que ella miraba como si fuera un arbusto, un bosque, un sembradío. "Mis plantas se alegran", me dijo sonriente, sin retirar la vista del mechón de vellos alborotados sobre su vientre. Una nueva línea obscura parecía crecer delicadamente hacia su ombligo. Era feliz y estaba llena de paz, como alguien contemplando uno de esos paisajes que llenan el horizonte.

Pero comencé de verdad a preocuparme el día que ella despertó emocionada gritando: "Ya llegó el gran jardinero", justo cuando iba saliendo el sol. Abrió la cortina hasta que se iluminó un filón de su cama y se desnudó para ofrecerse al primer rayo de calor de la mañana.

Extendió sus piernas muy lentamente, luego fue separándolas con emoción y, sin tocarse, muy despacio, columpiando su respiración y su pubis al filo tenaz de la luz, hizo el amor con el sol.

Yo la miraba en silencio, asustado y fascinado al mismo tiempo, lleno de escalofríos, celoso de los dedos afilados del sol.

No me atreví a tocarla o siquiera a interrumpirla.

Sentí que mis manos estaban, sin remedio, muy frías.

Después de haber recuperado el aliento pero aún respirando profundamente, Jassiba se acercó despacio, me acarició la mejilla, me dio un beso y me dijo al oído, con voz lenta y grave, que su felicidad era enorme, que había estado en el paraíso, en el jardín de los dedos del sol. Me quedé mudo, atado a mi sorpresa.

Esa misma noche y los días siguientes traté de meterme en la piel del fantasma solar que la había hecho tan feliz. Un reto mucho más difícil de lo que
podría haberme imaginado y que me llevaría a enfrentar pruebas extrañas, casi increíbles.

A ratos me pareció imposible meterme en la
piel de alguien que no existía sino en sus deseos. Tardé en darme cuenta de que necesitaba transformar
completamente mis movimientos, mi forma de escucharla, mi mirada; tenía que ser otra la música de
mi sangre, la paciencia del tacto.

Poco a poco iba logrando aquí y allá una flor,
luego un brote, pero sin hacer de verdad jardín en su
cuerpo resplandeciente. El deseo de Jassiba sin duda
había crecido como un mediodía y tomaba formas
exigentes que para mí eran completamente inesperadas y desconocidas: francamente incomprensibles.

Entonces, no pude\contenerme, cometí una
de mis más grandes torpezas. Comencé a hacer inter-
minables bromas sobre su nueva obsesión jardinera.
Lo que a Jassiba nunca terminó de hacerle gracia. Las
bromas se le volvieron poco a poco hirientes sin que
yo tuviera conciencia del daño que hacía.

Fue germinando en su piel la sensación de no
ser comprendida. Y de pronto me veía cada vez más
lejano, incapaz de seguirla en sus inquietudes, sordo
a su nueva voz.

De cualquier modo, entre broma y broma,
yo seguía haciendo esfuerzos, pocas veces atinados,

por convertirme en el paraíso particular de esta mujer obsesiva. Sólo a ratos lo lograba. Al menor indicio de incomprensión ella me expulsaba de su cuerpo, del ámbito de su cuerpo, que era sin duda para mí el verdadero paraíso.

3. Un jardín secreto en los ojos

Yo sabía que dos grandes acontecimientos en la vida de Jassiba habían coincidido con su floreciente pasión por los jardines y pensaba que sin duda la habían motivado: su sorpresivo primer embarazo y, poco antes, la muerte de su padre.

Con algunos meses de diferencia, esas dos transformaciones de la vida tocaron su cuerpo abriendo y cerrando en ella mil veces las sensaciones más profundas. La atravesaron simultáneamente ríos de dolor y de alegría. Se sintió en un solo instante tierra fértil y tierra de sepultura.

Pero además, nos conocimos y enamoramos entre esos dos momentos. Cuando nos encontramos se cumplían cinco meses de que su padre había muerto. Y su ausencia irreversible iba creciendo en ella con toda su carga de sensaciones extremas, de misterios.

Ella vivía haciendo todos los ritos mínimos y privados que pudieran invocarlo. Yo me tardé en entender el sentido de todo lo que hacía. Y, naturalmente, malinterpreté sus acciones: todas eran enigmáticas para mí y me fascinaron. Ella, divertida, dejó por un tiempo breve que yo creyera ciertas mis suposiciones.

Cuando la conocí, una mañana de otoño, fue como entrar de pronto en un jardín inesperado donde todas las cosas suceden de otra manera, donde la felicidad es tanta que uno quiere ya quedarse ahí para siempre.

Cruzaba el mercado viejo del puerto de Mogador cuando me encontré con una mujer que vendía flores de la manera más extraña posible. O al menos eso me pareció. En vez de llevar consigo los ramos completos que ofrecía, mostraba sólo unos cuantos pétalos de diferentes colores en sus manos impecablemente tatuadas. Por la frescura y el olor de los pétalos, sus clientes juzgaban la mercancía y negociaban su compra.

Las flores permanecían por lo pronto en su casa, en una zona bastante inaccesible, muy adentro del mercado. En una especie de jardín interno, casi secreto, que era imposible adivinar desde la calle: lo que, más tarde aprendería, llaman en Mogador un Ryad.

Me pareció que cuando ya había cerrado un trato daba cita a sus clientes en la fuente de las Nueve Lunas, donde se cruzan o terminan nueve callejuelas curvas. Ahí donde los azulejos frente al agua devuelven nueve reflejos diferentes de la luna menguante.

En ese lugar entregaba los ramos y recibía el dinero. Desde ese rincón de agua emprendía de nuevo su paseo por el mercado con las manos extendidas tratando de provocar los ojos y el olfato de quienes pasábamos por ahí.

Cuando me topé con ella por primera vez yo llevaba un par de horas felizmente perdido en el tejido irregular de las calles estrechas. Experimentaba esa forma de embriaguez que ofrecen los laberintos al enfrentarnos a lo indeterminado, al hacer de cada paso la puerta hacia una posible aventura.

Había osado meterme hasta en los pasadizos tortuosos que se forman de manera diferente cada día de la semana dependiendo de quiénes iban o no a poblar con sus puestos y mercancías las plazas recónditas. Dicen que en esos rincones hasta los mismos comerciantes se extravían. Una trama distinta enreda y desenvuelve sus pasos cada vez en esa zona. En Mogador siempre hay plazas dentro de las plazas, calles dentro de otras y tiendas dentro de tiendas hasta llegar a las cajas de maderas incrustadas (taraceadas) más pequeñas, que en sus compartimentos interiores de marquetería pueden albergar, en miniatura, la esencia de un mercado y hasta de un bosque: sus olores.

Poco a poco iba yo aprendiendo a distinguir en cada detalle diminuto de la ciudad de Mogador el universo que concentra. Porque ahí cada cosa, cada gesto, cada sonido es puerta y detonador de otros ámbitos. Y muy pronto iba a descubrir que, así como los inmensos mercados de frutas y flores pueden estar en una diminuta caja de madera perfumada, uno de los jardines más seductores de Mogador se abriría para mí en los pétalos de colores resplandecientes sobre las manos tatuadas de aquella vendedora de flores que ya comenzaba a poseerme.

Pero más allá de lo que yo podría haber imaginado en aquel momento, en esos pétalos se abría una ventana hacia todos mis posibles jardines de plenitud: una puerta hacia la entraña de mis deseos. Más aún, en ellos estaba tal vez la cifra de mi destino: esa mezcla intrincada de azar y deseo que se nos vuelve cauce de la vida.

Antes de cruzarme con ella me había elegido como un posible cliente. Eso me pareció entonces. En cuanto me vio a lo lejos, en las calles del mercado, vino directamente hacia mí. La fuerza expresiva de su mirada se multiplicaba con su rostro velado. Era como si me gritara desde lejos con los ojos. Caminó unos quince pasos atrapándome en sus pupilas negras sin un pestañeo. Pero un par de metros antes de estar a distancia de hablarme bajó la mirada hacia sus manos extendidas. Vi los pétalos de colores. Sin tocarlos sentí su textura de piel suave y perfumada. Esos pétalos frágiles contrastaban con la rigurosa geometría tatuada en sus manos.

Rompió un par de pétalos con dos dedos liberando una fragancia intensa. Me descubrí envuelto en ella. Cuando levantó la mirada ya no se fijaba en mí. Parecía perseguir algo a mis espaldas. Y pasó lentamente a mi lado casi rozándome sin voltear un segundo a verme de nuevo. Lo hizo de tal manera que el olor de sus flores, seguramente más intenso por el par de pétalos estrujados, me golpeó con fuerza subrayando su repentina indiferencia y obligándome, por supuesto, a seguirla.

Suavemente se fue metiendo de nuevo en el laberinto. No me miraba pero sabía que yo estaba caminando sobre sus pasos. De pronto creía haberla perdido y reaparecía ante mis ojos. La tercera vez que eso sucedió había llegado a una calle sin salida. Y no había tampoco puertas donde ella pudiera haberse metido. Al encontrarme de pronto frente a un muro me volví para retomar mi camino y ahí estaba ella, venía detrás de mí, hacia mí.

Su coquetería pasiva se volvió desafío. Y después de nuevo coquetería. Ante mis preguntas, discutimos el precio de sus flores y me habló de algunas orquídeas y cactus muy especiales que sólo existían en Mogador, así como de la planta de la jena, de la cual se extraen los tintes para el pelo y las manos. Respondiendo a mi curiosidad, se divirtió afirmando muy seria que era mejor vender por las calles sólo con pétalos que con los ramos enteros porque parte de la calidad de las flores está en su promesa, en su anuncio. Sonriendo me dijo que lo mismo pasa con los amores.

No me daba cuenta de que ella estaba dejando crecer en mi fantasía todo lo que yo deseaba en ese momento. Y añadía, entre sonrisas, detalles extravagantes que confirmaban mi delirio.

Más tarde me explicó la compleja geometría de sus tatuajes en las manos. Hizo que mis dedos recorrieran los caminos pintados sobre su piel y simuló, con una de sus uñas, que dibujaba algo en las mías. Pero mientras hacía eso en mi mano, algo más dibujaba dentro de mí que ya nunca se borraría.

Su nombre mismo era la fórmula sonora de un embrujo: Jassiba. Algo como un roce, una desgarradura en el comienzo mismo de la palabra, que se iba haciendo labial hasta sugerir casi un beso en sus dos últimas letras.

Aceptó venderme un ramo de flores que, al principio, se negaba totalmente a dejarme comprar. Finalmente me lo regaló sin entregármelo todavía, por supuesto. Hablamos hasta la caída de la tarde. Y yo deseaba cada vez con más fuerza que no nos separáramos. Incluso me precipitaba deseando que la mañana nos sorprendiera juntos. Pero tuvo que irse y me ofreció mostrarme, al día siguiente, su Ryad. No sin explicarme el sentido de esa palabra mágica. Todos en Mogador la conocen, la viven de diferentes maneras. Significa, para comenzar, jardín interno, un reducto de naturaleza dentro de una casa. Por extensión se llama Ryad a la casa misma si incluye un patio con plantas. También se dice de cualquier morada urbana que sea un remanso inesperado en la agitación de las calles. Un Ryad en la ciudad es como un oasis en el desierto. Ryad es por supuesto uno de los nombres del paraíso.

De ahí que los poetas místicos árabes afirmen que un Ryad es todo lugar especial donde uno puede unirse a Dios. O que es la unión misma. De la manera en que los poetas místicos cristianos hablan de que llegaron al "jardín florido" para decir que alcanzaron la unión del alma con su Dios amado.

Más sensuales y hasta carnales en su idea del paraíso, los antiguos poetas de Al-Andalus, grandes exploradores del deseo, usan la palabra Ryad para hablar del corazón caprichoso de sus amadas: "un jardín cambiante bajo el imperio de las estaciones". Pero también para mencionar su sexo atesorado y

misterioso, promesa de placeres y reto para el jardinero que pacientemente lo siembre y lo cultive.

Para mí, en ese instante, la palabra describía a
esta mujer. Su Ryad era ella. Y su promesa me mantuvo sin dormir casi toda la noche.

La palabra Ryad venía a mi boca una y otra
vez sin cansarme nunca. Era mi reloj de arena, la
medida de mi insomnio. Jassiba me había dado cita
muy temprano en una parte de la muralla que da al
mar: la Sqala. Una especie de terraza muy prolonga-
da donde los antiguos cañones que defendían el puerto todavía se asoman hacia el Atlántico. Llegué
mucho antes y pude ver cómo amanecía en Mogador. La luz nueva me emocionaba como si fuera un
canto de mujer que crece poco a poco hasta llenar el
horizonte.

Cuando ella llegó, el sol estaba tan bajo que
su sombra era larga y fresca. Las gotas del amanecer
se reventaban bajo sus pasos. Desde ahí caminamos
un tiempo que me pareció largo y breve simultáneamente. Fuimos por un camino tan complicado
que difícilmente podría tomarlo de nuevo. Esa ruta
hacia su Ryad me parecía como un hueco oculto en
ese punto donde el tiempo y el espacio se vuelven
como espejos y nadie sabe ya qué es verdad y qué es
reflejo.

Mientras avanzábamos yo observaba sus gestos lentos y sensuales. Extrañamente adivinaba su
cuerpo debajo de una montaña de telas onduladas
que se volvían habladoras con sus movimientos. Porque esta vez llegó cubierta con un haïk, que es más
que un velo: una tela blanca muy larga por encima

de su kaftán que requiere ser llevada con miles de pliegues. Y sostenida siempre al frente por una mano que se vuelve inquietante testimonio de su frágil permanencia. Un arreglo aparentemente burdo pero ideado con un riguroso plan de recato extremo y también de extrema coquetería. Sin duda, en el caso de Jassiba, lograba mostrar con terrible fuerza sugerida todo lo que escondía: la sensualidad deseable de una mujer obvia e intensamente viva, llena de deseos a su vez.

Nos detuvimos en varias tiendas. Conversó con gente que se cruzaba en la calle. Me mostró rincones de la ciudad de extraña belleza, insignificantes para quien no fuera sensible a las formas curiosas que toman piedras y maderas y calles de las ciudades cuando son trabajadas por el tiempo. Lugares inaccesibles que nunca hubiera conocido si ella no me lleva entonces a verlos.

Cuando al fin llegamos a su casa me sorprendió comprobar que su sombra, antes tan larga, ya se ocultaba con precisión bajo sus sandalias y no había en ella gotas de rocío que se rompieran: ya era mediodía. Habíamos pasado juntos muchas horas que nos parecieron minutos.

Su Ryad me pareció al principio un fresco y breve huerto de frutas y flores, inesperado entre los pasillos estrechos de una geometría aparentemente caprichosa, dentro de una bellísima casa cubierta de azulejos, también insospechada entre las callejuelas del puerto.

Era un segundo patio en la casa. En él las flores formaban líneas discontinuas de círculos concéntricos. Cada uno más intenso en olores y colores que los anteriores. Perecían pétalos formando una flor con todo el jardín.

Tuve la impresión de que toda la casa estaba hecha en función de su tesoro de flores y que alrededor de ella toda la ciudad existía tan sólo para protegerla, hasta llegar a sus murallas, últimos pétalos visibles de este Ryad secreto. La ciudad entera tomaba un nuevo sentido para mí. Como si yo entrara suavemente en un abismo de plantas y deseara perderme en él para siempre.

Y en el corazón de Mogador, esta mujer era de pronto el centro de los centros imantados de este mundo nuevo. No volví a salir de ahí hasta que ella lo decidió. Durante varias semanas, que se hicieron meses, fui feliz y asombrado a cada instante, su prisionero.

Conocí de la ciudad sobre todo sus sonidos cotidianos. Me llegaban a través de las celosías de su casa. Todas las ventanas existían para oír lo de afuera más que para mirarlo. Y había momentos en que vivíamos envueltos en las voces de la ciudad.

Descubrí en Jassiba un placer exorbitante por los sonidos. No sólo la música la embriagaba. Los ruidos mismos de la calle se convertían para ella en una composición que arrebataba su atención y su gusto. Me hacía hablarle al oído de mil y una maneras distintas y me decía que era mi voz lo que al conocerme la había seducido. Llegué a sentir que todo mi cuerpo y todos mis gestos eran para ella un amasijo de ecos y modulaciones de mi voz. Y durante algunos instantes, que después he recordado con intensidad imborrable, pude pensar que uno de sus deseos más profundos era que yo me convirtiera en una voz.

Esos días o semanas o meses me dejé llevar por el deseo mutuo sin pensar seriamente en ningún futuro: quería alargar el instante y ella también. Algunas veces pensé, sin preocuparme demasiado, que tarde o temprano tendría que marcharme. Ella se enfureció las dos ocasiones en que me atreví a mencionarlo, como si traicionara o quisiera resquebrajar la intensidad que nos mantenía deseándonos. Llegué a pensar que me tendría ahí para siempre, amándola encerrado. Y su furia posesiva me hacía muy feliz.

Pasaron cuatro meses y entonces se embarazó. Justo a los nueve meses de la muerte de su padre. Mi alegría fue inmensa y la suya también. La nueva presencia que se anunciaba en su vientre tomaba en ella el sentido de un homenaje al padre ausente. Un poderoso exorcismo de su partida. Me complacía compartir con ella esa felicidad profunda. Y más aún cuando nos dimos cuenta de que su sed erótica se había multiplicado, algunos días sin límites precisables. El elenco de placeres que despertaban en ella gracias a su embarazo se volvió interminable. Los sabores de todos los alimentos y especialmente de las frutas, los olores, los sonidos, eran nuevos goces sorpresivos. Y todos parecían conducir hacia nuestros besos y caricias.

Algo extraño fue que una buena parte de los malestares que vienen con el embarazo surgieron tan sólo en mí. Yo tuve las náuseas y las agruras y hasta los antojos intempestivos de los primeros tres meses. Jassiba me decía que nunca se había sentido mejor.

Me parecía que ya nada podría detener o estorbar su erotismo fascinante.

Y cuando menos me lo esperaba su deseo por mí se transformó de una manera cada vez más disminuida que, por mucho tiempo, fui incapaz de comprender.

De aquellos meses de deseo desbordado, de paraíso absoluto, atesoro, además de las huellas profundas que su cuerpo desnudo puso para siempre en el mío, y además de los placeres de su inteligencia ágil y voraz y muy veloz, una fotografía.

Esa imagen me acompañó y me dio cierto consuelo cuando fui expulsado del ámbito de sus deseos. Al tener entre mis manos ese papel impreso se desencadenaba a lo largo de mi cuerpo una avalancha de felicidad por recordarla y de angustia por no tenerla que me quitaba la respiración. Llegué a mirar y mirar esta fotografía como se tiene un vicio.

Una mañana, la novena, me despertó con palabras en vez de hacerlo con las manos o con la boca como todos los días.

—¿Quieres saber cómo soy sin tatuajes?

Le dije que no, que me gustaba con ellos. Eran tatuajes de jena, del tinte hecho a partir de esa planta del desierto que según el Corán se encontraba en el paraíso al lado de los dátiles y las palmeras. Sus tatuajes formaban una asombrosa geometría, como el mapa perfecto de una ciudad ideal. Y me gustaba perderme minuciosamente en las callejuelas de la ciudad de su cuerpo.

También era una forma de estar vestida con ropa de piel: desnudez que no es pero parece. Un manto de líneas tan sólo, pero líneas rituales sin duda que creaban alrededor de ella un ámbito prácticamente sagrado; donde ella era mi diosa nueva y mi experimentada sacerdotisa.

Como si no me hubiera oído continuó buscando lo que había planeado mostrarme. Sacó del fondo de un arcón de taracea, hecho con la madera olorosa de un árbol típico de Mogador que se llama tuia, una tela bellísima, doblada varias veces para proteger una fotografía. Parecía una imagen muy vieja pero estaba impecablemente conservada en un marco antiguo. La mostraba a ella desnuda en una toma que parecía reciente. Sólo una parte de su cabeza estaba cubierta por una tela muy blanca con flores bordadas que yo había visto todos los días al lado de su cama e incluso había tenido en mis manos. Ella me había acariciado el cuerpo entero con los flecos de esa tela.

Su piel obscura y tersa contrastaba con el muro cargado de texturas deslavadas a su espalda. Era evidente que quien tomó la fotografía le pidió que levantara los brazos para mostrar mejor las ondulaciones de su cuerpo. Ella los mantiene en alto pero de lado y con las manos juntas. Su mirada, también de perfil, se mantiene abajo, escondida. Entrega su cuerpo a nuestros ojos pero su mirada pudorosa en el fondo la oculta, la preserva.

Bastaría su sonrisa para revelar en ella un amplio don de picardía y una gran seguridad en sus poderes de goce. La misma sonrisa que le había visto regalarme con frecuencia esos días. Me di cuenta de que su cuerpo desnudo no estaba tenso ni relajado. No era tímido ni cínico. Era también como su sonrisa: una vibración intermitente de gracia y seducción.

La fotografía raptaba mi atención dentro de mi feliz secuestro amoroso multiplicándolo al infinito. De nuevo quedaba yo atrapado con fascinación por ese mundo de paradojas sensuales donde una mujer desnuda está vestida de tatuajes y la más revestida queda desnuda en cuanto camina; la mujer velada grita abiertamente por los ojos y la desnuda los esconde hasta el fondo de sí misma. Donde los jardines son secretos y los secretos del placer extremo son jardines: Ryads del alma y del cuerpo.

Le pregunté cuándo se la habían tomado. Me lanzó de nuevo esa sonrisa de encantadora de serpientes y no respondió. Intrigado por su silencio, pregunté otra vez y una vez más. Sólo entonces aceptó decirme:

—No soy yo, es mi abuela. Se llamaba como yo, Jassiba, pero su historia fue mucho más complicada que la mía. Tal vez te parezca más interesante también. Cuando mi madre murió yo era muy pequeña y la abuela se ocupó de mí el resto de su vida. Sus palabras fueron mi refugio. Su mirada protectora mi horizonte. Cuando alguien quiere decirme que soy caprichosa o que tengo reacciones inesperadas que no les gustan me dicen que soy como mi abuela, que ella sembró en mí la rareza. Lo que sí sembró en mi padre fue la pasión por los jardines. Ella había sido cazadora de orquídeas. Con ese pretexto viajó inter-

minablemente. Decía que la orquídea es la más se-
ductora de las flores, la que más parentesco tiene con
los humanos y las peculiares culturas que éstos im-
plantan por todo el mundo. Vivió entre el puerto de
Mogador y la ciudad minera de Álamos, en el desierto mexicano de Sonora, de donde era mi abuelo.
Pero también vivieron algún tiempo en Granada. Ahí,
en las sinuosas laderas del Albaicín tuvo un Karmen:
un jardín en forma de terrazas que se abrían justo
frente a la Alhambra. Mi abuela Jassiba contaba historias como nadie y escribió, o reescribió, algunas de
ellas. La mayoría tan sólo las contaba. Conservo
muchas de sus cosas y casi todos sus libros. Después
te mostraré lo que fue su recámara. Ahí tengo varias
fotografías. Pero en ninguna nos parecemos tanto
como en ésta.

A Jassiba le brillaban los ojos hablando de su
abuela. Me entró el imposible deseo de poseer esa
imagen para siempre pero hubiera sido incapaz de
pedírsela siquiera. La convencí de ir juntos a casa del
viejo fotógrafo del puerto para que me hiciera una
copia.

—Está bien —me dijo Jassiba sonriendo—,
así me vas a tener sin tenerme. Seré un fantasma viviendo en el cuerpo de mi abuela. Y sólo tú podrás
invocarlo. Voy a ser para ti como un sueño nuevo
que harás surgir de una fotografía tomada mucho
antes de que los dos naciéramos: será como un Ryad
sólo nuestro, muy escondido dentro de un tiempo
que no vivimos. Un jardín secreto en tus ojos. Sólo
tú me podrás ver donde no estoy.

4. Otro jardín dentro del jardín

Jassiba me sorprendió al revelarme que el Ryad que yo había conocido era tan sólo el principio de un jardín más grande y más lleno de sorpresas. Dijo que yo no había puesto la atención suficiente para darme cuenta. Aunque me parecía haber visto con detalle y haber gozado minuciosamente todo lo que había en su Ryad. Pero ella me explicó que la vista no agota a los jardines de Mogador.

—En los jardines de otras ciudades reina la perspectiva y muchas veces en ella está todo. Tanto la supuesta naturalidad de los jardines ingleses como la geometría enfatizada de los franceses son puestas en escena para la mirada. Este jardín de Mogador está hecho para todos los sentidos por igual. Es mucho más que un escenario para los ojos. Si hueles y tocas descubrirás en él más que si miras tan sólo. Si escuchas y pruebas, más aún.

Le dije que, como ella, su jardín me parecía muy exigente. Pero que me gustaría hundirme en él. Me dejaba la sensación de que pasar por su jardín era como una prueba, un ritual para ser aceptado por ella.

—Si quieres verlo así. Piensa que todas las mujeres y los hombres tenemos nuestros rituales amorosos. Nadie se entrega antes de ellos. Hay quien necesita ciertas palabras, dulces o violentas, besos muy pequeños o muy grandes, una manera especial de desvestirse, muy lenta o muy salvaje, algún atuendo, espejos, masajes... Hasta no necesitar nada es un ritual que los manuales amorosos de Mogador siempre llaman "el ritual vacío", o "el atajo". Este jardín es tal vez un camino largo hacia mí. O hacia ti.

Para entrar a la casa de Jassiba, una vez traspuesto el antiguo portón de madera labrada y remaches de acero, recorríamos pasillos breves que giraban varias veces sobre sí mismos. Estaban completamente cubiertos de azulejos y podían desconcertar al más orientado. Estando en ellos las brújulas del cuerpo obedecían de pronto a nuevos magnetismos.

Luego un patio interior nos recibía como extensión abierta al cielo de los salones y recámaras a sus cuatro costados. Nuevo desplazamiento de los sentidos: los interiores más íntimos de la casa se abrían a la intemperie: lo de adentro daba hacia afuera y lo de afuera estaba ya adentro. Las cuatro habitaciones de tres paredes y el patio al centro eran una sola cosa. Como una fruta abierta que se desgaja.

Todos los muros desplegaban tableros de azulejos y yesería geométrica. Había horas y horas de trabajo artesanal en cualquier punto que eligiera la vista. Y el viaje de la mirada podría nunca detenerse.

Un umbral discreto en una de las esquinas del patio nos ofreció un nuevo laberinto de pasillos.

Desembocaban en otro patio, esta vez lleno de plantas: el Ryad del padre de Jassiba.

Cada vez que he estado en ese jardín interior
lo veo de manera distinta, como si fuera uno de esos
libros mágicos de los que hablan los contadores de
historias en la plaza de Mogador, libros que relatan
una historia diferente dependiendo de quién lo abra
y de la hora del día en que lo haga. Al principio lo vi
como el corazón de una flor cuyos pétalos eran la
casa misma y más afuera la ciudad con sus murallas.
Después este Ryad me pareció otra cosa: un mapa
del mundo. Sus cuatro secciones divididas por delgados canales de agua representaban claramente los
cuatro extremos del planeta. En cada una había plantas distintas de esas regiones en cuatro climas separa-
dos. Al centro, en el ombligo de ese mundo, una
fuente. Cuatro chorros de agua modulados como
voces diferenciadas cantaban juntas a ratos y luego
se hacían graves o agudas hasta volver a cantar todas
en el mismo impulso.

En la región más cálida del Ryad me dejé llevar
por un olor seco. Venía sobre un viento muy ligero
que ponía sal en los párpados y en la lengua pero que
en algún lugar fuera del Ryad silbaba con aparente
fuerza. Y sólo entonces descubrí en el Ryad un nuevo
umbral casi oculto que nos llevaba fuera de él, a una
explanada de arena con algunos cactus dispersos y piedras del color del suelo. Estábamos en una representación del desierto. El Ryad del que habíamos salido era
como un oasis en la proximidad de esta arena.

Por un extremo este terreno desértico se po-
blaba de palmeras. Su formación era cada vez más

densa conforme avanzábamos en él y el cielo se iba cubriendo por sus hojas. La vegetación se transformaba enriqueciéndose con algunos helechos que parecían incrustados en la corteza de las palmas y un ojo de agua brotaba en un desnivel inesperado formando una poza a la sombra. Nos sentamos a la orilla para tocar el agua. Aquí Jassiba se levantó de golpe y corrió hacia un aparente muro de yerbas que parecía impenetrable. Se metió en él antes de que yo pudiera alcanzarla. Mientras lo hacía me dijo: "Búscame sin mirarme, tan sólo con la fuerza de tu cuerpo sintiendo al mío."

A un costado del ojo de agua, por donde Jassiba había corrido, se levantaba una estela de piedra que parecía milenaria. Por uno de sus lados ostentaba una bellísima caligrafía antigua, similar en todo a la que se ve a la entrada del baño público de la ciudad, el hammam. Pero ésta ordenaba:

> *Entra. Este es el jardín donde el cuerpo se mueve al viento como una más entre las plantas que brotan de la tierra. Donde los sentidos florecen. Donde la cúpula del cielo y la geometría de las estrellas forman el techo que cuida el vuelo del polen de los sueños cuando éstos logran escapar de su reflejo en los estanques. Entra.*

No había una puerta detrás de la estela pero sí un sendero curvilíneo apenas perceptible que se perdía en la espesura. Arbustos altos de olores penetrantes la conformaban. Cada paso me entregaba una fragancia distinta. Era un jardín de aromas. Algunos eran muy dulces y otros ácidos o amargos o muy secos. Algunos eran reconfortantes y otros muy agresivos. Sin darme cuenta en qué momento sucedió, esa diversidad de olores me había hecho diferenciar cada vez más ciertos aromas y, de pronto, me pareció percibir el olor del sexo de Jassiba y hasta me era posible saber por dónde había pasado ella. Para mi asombro pude seguirla incluso cuando el sendero se dividió en tres.

Entré en secciones del jardín que eran como recámaras distintas. Algunas tenían estanques y fuentes. Otras tenían exclusivamente flores blancas y había una larga y misteriosa donde parecía estar prohibido cualquier color de flores. Hasta el follaje de los árboles ahí elegidos era de un verde austero muy cercano al color de sus troncos. Curiosamente, esa misma falta de diversidad me permitía muy pronto diferenciar entre varios tonos muy sutiles de ese verde, como aquellos legendarios ciegos a los colores que no pueden percibirlos pero que llegan a distinguir claramente ochenta y un manifestaciones distintas de los grises.

En otra área del jardín, una especie de terraza rectangular estaba limitada en tres de sus lados por arbustos altos con hojas extrañamente triangulares. En el cuarto había un muro de piedra del que brotaban nueve chorros de agua sobre una acequia. Ahí el piso sonaba bajo mis pasos como una duela cubierta de ramas y hojas secas. Después de algunos metros me di cuenta de que, además del tronido bajo mis suelas, ese piso generaba otro sonido porque era como un teclado que ponía en acción algunos de los diferentes surtidores en la pared. El jardín entero cantaba mi carrera o las dudas de mis pasos, mi quietud o mi nerviosismo. El jardín era mi eco o yo uno más de sus extraños brotes. Yo era uno de sus ruidos.

Al entrar a una alta terraza arbolada donde el viento soplaba con fuerza, perdí el olor de Jassiba. Y sin embargo, algo dentro de mí me empujaba poderosamente a seguir cierta dirección y no otra. Era esa atracción, como un magnetismo ciego entre nosotros, la que Jassiba mencionó al alejarse de mí retándome poco antes y la que ella me invitaba a descubrir en este jardín de innumerables sorpresas donde mi deseo por Jassiba se entretejió con la naturaleza. Donde me convertí en una especie de ávida raíz buscando imperiosamente su humedad.

La vi de pronto, de pie, esperándome al fondo de una larga explanada que recorría un canal de agua muy delgado y muy largo. Yo estaba en un extremo de esa apacible acequia y ella al principio, justo donde una fuente redonda, levantada del piso sólo unos cuantos centímetros, vertía suavemente el agua que finalmente llegaba hasta mí, a casi cien metros de distancia. Me quedé contemplándola, bebiendo su silueta. Como si el poder atrayente y la belleza tranquila del agua se prolongaran en su cuerpo, levantándose como en una fuente vertical, un sorpresivo surtidor de mis deseos.

Después de un par de minutos me decidí a alcanzarla. Me palpitaban levemente los labios, sedientos de ella. Sentía alivio porque ya la tenía a la vista y cierta ansiedad por no tenerla todavía en mis brazos. Entonces me di cuenta de que algo se acercaba a mí lentamente, navegando en el canal casi quieto. Algún objeto que seguramente ella me había enviado desde antes de que yo pudiera mirarla. Sobre un amasijo de corteza y hojas secas, ella había colocado una pequeña mano de filigrana que siempre colgaba de su cuello. La Jamsa o mano de Fatma, talismán protector que ahora me daba como signo de que deseaba compartir conmigo una parte de su destino.

Había recorrido por primera vez una parte considerable de su jardín sin tener noción clara de sus dimensiones o de su exacta localización con respecto a la casa. Era como si cada espacio se hubiera abierto dentro de otro explorando una profundidad inimaginable y, en vez de recorrer largas distancias, hubiera yo caminado hacia adentro de nosotros, hacia el interior que ya me hacía sentirme unido a Jassiba como un injerto nuevo, como alguien que se instala en las venas de quien ama.

En ese momento tenía la feliz impresión de que gracias al extraño efecto que este jardín había tenido sobre mis sentidos por fin me sería posible acercarme más a Jassiba y ser deseado por ella. No hubiera podido imaginar entonces que este jardín era tan sólo el principio incipiente de las transformaciones que mi absoluto deseo por ella me impondría.

5. La torre de los fantasmas sonámbulos

Al salir del jardín Jassiba me hizo seguirla. Pensé que nos dirigíamos de vuelta hacia el Ryad por otro camino. Pero en los primeros corredores de la casa nos detuvimos frente a una entrada sorpresiva por la que se llegaba a una delgada escalera. Su penumbra era extrañamente atrayente. Un misterio en ella nos invitaba a descifrarla. Era como un velo, como un secreto que a toda costa quería saber. Jassiba me tomó de la mano y me hizo subir con ella.

—Este es el cuarto de los fantasmas —me dijo—. No te asustes si escuchas algo raro o si te tocan la espalda con una mano mojada.

Me imaginé al fantasma de su abuela recibiéndonos allá arriba. O al de su padre, molesto porque nuestros ruidos interrumpían su descanso. La verdad es que no me hacía mucha gracia pensarlo. Suponiendo que su advertencia era una broma, le reproché jugando:

—Pensé que me llevarías a la torre de los enamorados, no de los fantasmas.

—Todas las historias de amor son historias de fantasmas. Estar enamorado es estar poseído por alguien. Cuando una desea se vuelve como una casa llena de fantasmas.

Seguíamos subiendo y a cada paso aumentaba la obscuridad. Nuestro avance lento, casi con los ojos cerrados, se volvía en mi cabeza como un canto agudo que me llenaba por dentro y desde ahí me erizaba la piel. Por un instante me pareció insoportable. Pero entonces llegamos.

La luz nos golpeó de pronto como un grito. Y el canto perturbador se diluyó en un silencio luminoso. Despegándose de algo muy blanco que me llenaba los ojos, las cosas de aquella recámara poco a poco comenzaban a diferenciarse.

Estábamos en la Torre de las Granadas, como lo señalaba, sobre la puerta de la escalera que dejábamos, un tablero de azulejos con varias de esas frutas ofreciendo sus semillas. Se abrían ventanas y celosías por los cuatro costados. Había divanes al pie de las ventanas y libros por todas partes. Una mesa cerca de una ventana. Flores en macetones de cerámica vidriada y en bandejas parecidas reinaban, entre naranjas, varias granadas. Una de ellas abierta como si alguien hubiera estado ahí un poco antes. Había un par de alfombras representando jardines.

Me sorprendió que muchos de los libros eran sobre jardines.

—Son más bien sobre jardineros —me corrigió Jassiba—. Mi abuela era una observadora ávida de todo lo que tiene que ver con el deseo. De ahí a los jardines sólo había un paso. Admiraba a todos aquellos que vivían sus deseos con tal intensidad que llegaban a mezclarlos con la naturaleza. Le fascinaban los jardines más extravagantes y las historias de cazadores de orquídeas, como ella. Hasta los avaros especuladores de tulipanes en Amsterdam le parecían interesantes por tener una pasión desmedida. Estos anaqueles están llenos de historias extrañas de apasionados por las plantas que pusieron en ellas sus sueños más inusitados creando jardines que nadie antes hubiera imaginado. Jardines a la medida de sus sentidos. Mi abuela decía que mi padre se hizo jardinero dentro de esta recámara tanto como afuera, en el jardín. Era todavía un niño cuando, convaleciente, comenzó a leer estas historias y se llenó del deseo de ser como esos jardineros. Mi abuela decía que a mi padre le pasó lo mismo que a algunas personas que se transformaron gracias a lecturas de intensidad obsesiva. Como el Quijote, que de tanto leer historias de caballerías se lanzó a salvar a Dulcinea y pelear con los gigantes. Aunque otros los vieran como molinos. O como le pasó al mundano caballero Ignacio de Loyola quien, convaleciente en la biblioteca de un castillo donde sólo leyó vidas de santos, se llenó del deseo de serlo y se lanzó al mundo para convertirse en el fundador de los ejércitos jesuitas, San Ignacio. Mi padre salió de aquí deseando ser jardinero. Nada podría detenerlo.

Jassiba fue hacia una de las ventanas y la abrió con los dos brazos extendidos. Se quedó un instante mirando hacia afuera y haciendo algo con las ramas que golpeaban contra la ventana amenazando romperla.

Un denso olor de magnolias venía del jardín. Y cuando soplaba el viento ese olor nos cubría, nos ataba, nos embriagaba. Una de sus oleadas nos obligó a besarnos, otra nos tiró sobre el diván y nos fue desvistiendo. Sin que yo me diera cuenta, ella había arrancado un par de flores del árbol de magnolias que golpeaba la ventana. Ese árbol tenía para ella un significado del que yo me enteraría mucho después y que vinculaba esa flor con su padre. Por lo pronto tenía las manos llenas de pétalos blancos que me untó en el pecho y el cuello y dejó caer sobre el diván. Nuestras caricias olían. Nuestros gritos olían y, durante algún tiempo, todo entre nosotros tuvo la intensidad de ese olor excesivo que ahora siempre tengo que relacionar con Jassiba y con el sabor ligeramente perfumado de su sexo.

Ahí descubrí el lunar diminuto que reina en uno de sus labios verticales, entre dos pliegues que abrió mi lengua. Le pregunté, bromeando, si su abuela también lo tenía. Y para mi sorpresa me dijo que sí, que varios poetas lo habían cantado. Y que esos poemas eran uno de los orgullos secretos de su abuela. Aunque, según la abuela, sólo uno de los poetas lo había conocido de verdad.

—¿Y qué decían los poemas?

—Que sus labios eran perfectos pétalos de magnolias entre sus piernas. Y el punto era la huella de un astro que a lo lejos había muerto para que ella naciera. Otro poeta había dicho que ese punto le había brotado una noche de luna llena porque en él se habían concentrado de pronto todos los instantes de admiración, todos los silencios sorprendidos ante la belleza desnuda de su cuerpo. Era la huella permanente del asombro de sus amantes. Según su poema, el lunar estaba en su labio izquierdo. Lo que demuestra que no lo conoció porque la abuela lo tenía claramente sobre el labio derecho, como yo.

Me atreví a decirle que tal vez el poeta tan sólo se había equivocado al verla de frente. Que podía haberla conocido y equivocarse al describirla.

—Mi abuela decía que no. Y no tenía ninguna razón para ocultarlo.

—Ninguna razón que tú conozcas.

—Preocúpate mejor por no crear razones para que yo te desconozca.

Cuando el viento se calmó, cuando recuperamos la respiración y el silencio, ella siguió mostrándome la torre y algunos de sus secretos.

Sobre una mesa, varias fotografías. En una de ellas, colocada al lado de una bandeja de granadas, la abuela de Jassiba, desnuda, de espaldas, conversa al sol con una amiga. En otra, con mucha gente alrededor, las dos mujeres bailan en la fiesta de una boda.

—Era su mejor amiga, se llamaba Hawa. Por ella conoció a mi abuelo Juan Amado. Él estuvo terriblemente enamorado de Hawa pero fue mi abuela quien finalmente vivió con él durante muchos años y tuvieron a mi padre. Al morir mi abuelo ella escribió su historia simulando que era él quien la había escrito. Ella la publicó con un seudónimo masculino y muchos lo creyeron. Era el relato de un hombre poseído por sus deseos. Pero visto por una mujer que lo había amado y tal vez lo entendía y criticaba más que nadie. Ella escribió el repertorio de sus fantasmas. Casi todos "típicamente masculinos", como decía la abuela. Algunos torpes y abusivos, otros intensamente apasionados y poéticos.

Pero mi abuela escribió muchas otras cosas. Y, cuando éramos niños ávidos de cuentos nuevos y viejos, nos reunía bajo un árbol de granadas, aquí afuera. Y cuando mi abuela contaba una historia hasta el viento se detenía a escucharla. Ella abría un hueco en el tiempo, como si de pronto un segundo se convirtiera en una fruta madura partida por la mitad, y en ese territorio apetecible nos atrapaba con el sabor de sus palabras. No importaba entonces qué hora fuera. Era la reina del tiempo.

Jassiba sacó de una pequeña caja de maderas incrustadas un cuaderno rojo, forrado de tela, donde su abuela anotaba pensamientos, recetas, poemas, cuentos populares: todo lo que tuviera que ver con la granada. Había hecho de esa fruta su emblema personal. Lo tituló *Mis granadas* y abajo, con letra más pequeña, escribió *El jardín de mis caprichos*. Me leyó, al azar, un par de párrafos:

"La granada es antigua como los sueños de las cabras jóvenes y de los poetas viejos. Tiene el color lleno de destellos de las sedas de Samarkanda. Mancha la ropa como los restos de una batalla sobre campo abierto y deja en los ojos de quien la come el brillo de fuego de los enamorados."

"Es una fruta oasis, jardín cultivado en secreto dentro de una cáscara. Como la intimidad compartida en el cuerpo de quien se ama. Es la fruta de Los Sonámbulos. En ella está la voz de tierra del deseo. Esa voz que sembramos y hacemos crecer en nuestros cuerpos y en aquellos que amamos."

Le pregunté a qué se refería su abuela cuando hablaba de Los Sonámbulos. Jassiba me habló de personas que, sin saberlo tal vez, tienen en su cuerpo una cualidad extraña que los hace desear con intensidad absoluta a otras personas de su misma condición. Algo así como una Casta Secreta con un apetito sensual desmesurado. No una sociedad secreta sino una manera de ser que se hereda y se cultiva. Gente que comenzó a tener conciencia de su diferencia hace muchos años y cuyos miembros se reconocen, sin haberse visto nunca antes, aunque los demás alrededor de ellos no se den cuenta. Me habló de una condición física que afecta a los sueños y hasta los movimientos. Me describió entonces cada una de las ocasiones en que, casi sin vernos, una atracción descomunal había guiado nuestros cuerpos uno hacia el otro. Como si algo más allá de nuestra conciencia actuara por nosotros.

—Ser Sonámbulo es vivir como tú y como yo bajo la ley del deseo —me dijo Jassiba—, vivir bajo el dominio de lo invisible en el amor. Es escuchar y ver algo en el otro que nadie más puede. Es entender y obedecer, por ejemplo, las órdenes de las magnolias, como acabamos de hacerlo.

Fue hacia un librero que estaba al fondo y sacó un volumen delgado como un libro de poemas. Tenía forros de papel azul agua, lleno de caligrafías por dentro y por fuera. Encontró rápidamente lo que quería leerme. Era evidente que conocía muy bien ese volumen:

"Los Sonámbulos no distinguen entre la realidad y el deseo. Su realidad más amplia, más tangible, más corporal es el deseo. Me muevo porque deseo. La vida en sociedad es un espeso tejido de deseos. El hogar una casa de deseos. La alcoba y la biblioteca son jardines de deseos. Mi jardín es la trenza de mis deseos con los de la naturaleza."

"Pero el Sonámbulo no se confunde completamente y sabe muy bien que desear no es igual a haber alcanzado lo que se desea. Sabe que el deseo es siempre una búsqueda. También sabe que al buscar no siempre encontrará lo mismo que anhela. Más de una vez la vida del Sonámbulo le da peras en vez de manzanas. Pero el Sonámbulo descubre con gran placer que ahora le gustan más las peras."

Interrumpió su lectura para decirme: "Los Sonámbulos son enemigos de las certezas. Saben que todo cambia, como un caleidoscopio, porque el deseo nos moldea."

Jassiba me tomó de la mano y me llevó a una de las ventanas. Los huecos de la celosía tenían forma de granadas geométricas. Y a través de ellas se podía ver claramente una parte del jardín al pie de la torre. Era como conocer un laberinto desde arriba. Me señaló un camino posible para salir del laberinto. Después me llevó a otra ventana donde se veía que el camino anterior estaba equivocado y era otra la solución evidente. Varias veces más hizo lo mismo.

—Aquí nos enseñaba la abuela a no creer ciegamente en nuestras ideas. A aceptar que uno siempre puede equivocarse. Como tú cuando estabas seguro de que yo vendía las flores de mi Ryad.

Había pasado algún tiempo antes de que yo pudiera darme cuenta de que Jassiba no vendía flores, como yo lo había supuesto. Lo que hacía con las manos llenas de pétalos en el mercado era uno de los muchos rituales con los que en esos días trataba de aliviar la ausencia de su padre. Caminaba por donde antes lo hicieron juntos. Llevaba como reliquias partes de las flores que él había sembrado.

Cuando finalmente lo supe me sentí ofensivo y torpe. Quise pedirle disculpas. Fui un iluso creyente de todos mis fantasmas. No supe detenerme a dudar del sentido que yo le atribuía abusivamente a los actos extraños y fascinantes que presenciaba.

Me di cuenta, de nuevo, de lo ciego que se puede ser ante todas las situaciones de la vida. Y especialmente en los dominios del amor. Entender a cualquier otra persona es siempre un reto. Comprender a quien se desea es una aventura llena de equívocos, de errancias y de errores, a veces afortunados. La mayoría de las veces no.

Es cierto que Jassiba se divirtió dejándome seguir en mi equívoco y hasta negoció conmigo las flores que yo insistía en comprarle. Pero yo había sido un ridículo obstinado en mi certeza. Le pedí perdón y me reí con ella. Le pregunté por qué no me dijo la verdad desde el principio. La verdad, dijo Jassiba sonriendo, es que querías algo más que comprarme flores. Ese era tan sólo tu pretexto para hablar conmigo y para que yo te conociera. Yo no podía arrebatártelo de golpe. Y además, así me dejaste ver una parte frágil de ti. Como si me hubieras dicho: "Soy un iluso en tus manos. Haz de mí lo que quieras."

Además, esa actitud tuya es muy común y previsible. No me tomó por sorpresa. En Mogador aprendemos desde niñas que esa es una de las cosas que los hombres hacen. Toman por realidad sus suposiciones y hasta pelean por ellas. Uno de mis abuelos era así hasta la exageración. Alrededor de cada una de las mujeres de las que se enamoró fue capaz de construir una nueva idea de la vida, firme como certeza. Se le desmoronaba de golpe y luego él construía otra certeza incluyendo a una nueva mujer. Mi abuela Jassiba escribió sobre él y sus obsesiones una historia que llamó *En los labios del agua*. La presenta como si hubiera sido el abuelo quien contaba su paso de una ilusión a otra. De una certeza deseante a la siguiente. Mi abuela decía que su marido era un Sonámbulo, que todo lo hacía como Sonámbulo, especialmente enamorarse. Lo criticaba y lo gozaba sonriendo, como yo a ti. Porque nosotros también somos Sonámbulos. Lo supe desde que te vi en el mercado y sentí una atracción que me cortó el aliento. Te vi abrir los ojos con la misma sed que nacía en los míos. Sentí entre las piernas una idea de ti que me hacía feliz y que iba creciendo hasta aflorar en mi sonrisa. Somos Sonámbulos que se reconocen desde el primer instante. Como una semilla que sabe cuál es la tierra fértil para ella, que sabe reconocer en cada materia su voz Sonámbula. Su voz de tierra.

Jassiba metió entonces su mano fresca en mi camisa y me tocó la espalda. Al sentir mi sorpresa, mi escalofrío y después mi gusto, me dijo con una gran sonrisa: "Desde ahora soy el fantasma que te habita." Y sin duda tendría razón.

El viento golpeó de nuevo a las magnolias. Su tacto nos envolvió con más fuerza. Ahí, en la Torre de las Granadas, entre fantasmas sonámbulos, de nuevo obedecimos su voz.

6. El ritual de la muerte que florece

Cuatro meses antes de que yo la conociera, como en un sueño, Jassiba había asistido al entierro de su padre envuelta en un aire de ausente, como quien no termina de creerlo y, al mismo tiempo, plenamente adolorida por la desgarradura.

Enterraron sus cenizas en el jardín, como él lo había pedido. No quiso ser lanzado al agujero de la muerte que está al lado del hammam, como es una de las costumbres de Mogador, donde los muertos se mezclan con el mar y regresan con la brisa a habitar las sombras de las cosas.

Tampoco quiso ser enterrado en el cementerio que crece a la orilla de la ciudad, por la Pequeña Puerta de Oriente que conduce a Marrakech, donde hay tanta gente esperando el juicio final.

Deseó convertirse en tierra. Pero justo aquella donde beben las raíces de una gran árbol de magnolias que un día él sembró y cuidó sin pensar que más tarde desearía terminar dentro de él. Deseó convertirse en algo que corra por su tronco, diluido en el impulso de su savia, y que entre en las nervaduras de las hojas como un latido. Algo que esté en la flor y hasta en su olor dulce y cenizo. Algo que el viento lleve y dé alegría a los vivos.

Las mujeres, vestidas de negro y blanco, hicieron un círculo al pie de ese árbol que crece al lado de la Torre de las Granadas. Se hincaron todas y comenzaron a cavar con las manos mientras cantaban y contaban. Cada nueve puños de tierra que apartaban del agujero levantaban las manos al cielo como en una plegaria dicha con giros de las muñecas y los dedos. Era el canto adolorido de sus manos que acompañaba al de sus voces terrosas, plañideras:

Dejaste que el sueño te invadiera
como un río metiéndose en tus venas.
El sueño del silencio, el de la noche larga.

Y al despertar te fuiste con el sueño.

Vamos a enterrar lo que olvidaste:
tu rostro sin llanto ni sonrisas,
tus manos sin fuerza ni ternura,
tus pies sin pasos,
tus ojos hacia adentro,
tu boca sin hambre,
el frío que te cubre como un velo invisible,
el dolor que ya no sientes y nos dejas.

Pasaremos por aquí sin verte.
Nos sentaremos en tu silla.
Dormiremos en tu cama.

Ven por las noches a conversar en sueños
para hacernos sentir que no te has ido.

Las alas del colibrí que alimentaste
te mencionan, te reclaman:
en el viento estará tu nombre escrito
siempre nunca,
nunca siempre.

Mientras las mujeres cantaban los hombres trans-
portaban en procesión por la ciudad el cadáver vesti-
do de blanco, sobre una camilla. Después también
la incinerarían bajo el cuerpo cubierto de jena del
muerto, junto con la ropa debidamente desgarrada
de quienes lo cargaron hasta su tumba.

La imagen del fuego de su cuerpo se quedaría
en los ojos de Jassiba por mucho tiempo como un
brillo adolorido, como un eco del calor de las palabras que ya nunca serán dichas, del calor de los labios y las manos y los ojos del padre que ya nunca
volverán a derramar sobre ella su afecto.

Cuando un viento levemente arremolinado
entró al jardín azotando algunas ramas, Jassiba se
dejó invadir por la sensación de que también ahí estaba él, su alma convertida en soplo, dándole así sa-
ludo y despedida. Un viento que, de momento, se
mezcló con el humo denso de la incineración ha-
ciéndolo bailar por un instante. Como si el soplo
hubiera venido a tocar la nueva forma que su cuerpo
tomaba y ahí mismo abandonaba.

Pensó en lo difícil que era no tomar todo lo que tenía ahora frente a los ojos como señal del padre, como
una forma de su presencia. Hasta las puntas de las
ramas de cierto tipo de árbol le parecían más habita-
das por él que otras. Jassiba no entendía por qué. Y
ese mismo no entender se convertía en misterio ha-
bitado por la presencia del ausente. Todo dolía.

7. El jardín huérfano

Era seguro que Jassiba había comenzado a dejarse llevar por el delirio latente en el olor penetrante de ciertas plantas ese día que murió su padre dejándole el jardín. Su dueño, longevo, casi centenario, lo había cultivado y recorrido durante casi nueve décadas.

Desde niña a Jassiba le había gustado hundirse en el ruido y agitación de la ciudad para luego entrar en la calma de ese jardín interior, el Ryad de su padre. Un contraste que era en sí mismo, para ella, siempre excitante: una primera conmoción de sus sentidos. Era como entrar, un día muy caliente, a un estanque muy fresco. Jassiba pensó que el jardín se había vuelto huérfano como ella desde esa mañana. Y se decidió a recorrer todos sus senderos ahora que no estaba él, como uno más de sus gestos de despedida.

Sintió la necesidad, como un rito, de pasar antes por uno de los caminos que recorrió con él cientos de veces, desde que era muy pequeña. Decidió tomar algunas de las calles más estrechas del mercado, del souk, donde los olores y las voces se entretejían en el aire. El brillo del azafrán era como un grito en los ojos: Hombres y mujeres condimentaban con retos y regateos sus pasos. La luz encontraba débilmente sus caminos pero a todos daba un beso bien marcado en la mejilla, en la frente o en las manos. Madejas de hilos recién teñidos colgaban de ramas secas sobre las callejuelas. Las pieles curtidas al amanecer olían como algo muy antiguo, muy olvidado.

Ese cielo peculiar de pieles y cuerdas cubría las calles como una nube artesanal que pasaba ahí el día. Y el orín de los camellos comenzaba apenas a fijar los colores de los tapetes bereberes extendidos sobre los muros. El olor de siempre, ácido y lejano. Ella pensó de nuevo que en este mercado, el mismo, casi idéntico que la fascinaba desde niña, hacían falta flores. Las que vendían en algunos puestos no eran nunca tan bellas e imponentes como las que cultivaba su padre. Y a partir de ese día, cada vez que pasaba por el mercado, se consolaba en secreto llevando las manos llenas de pétalos, como si algo del padre caminara ahí con ella. Esos fueron los gestos que yo había malinterpretado.

Aquellos que lo habían conocido y apreciado no tardaron en darse cuenta del ritual privado y la saludaban con especial complicidad. En ocasiones le pedían admirar sus pétalos y le preguntaban por su jardín. Muchas veces ella regresaba agradecida con un ramo enorme que les regalaba.

Cuando Jassiba entró en todos los rincones del jardín huérfano, al día siguiente de que el padre ya no volvería a hacerlo, intuyó que cada una de esas plantas tenía una relación peculiar con su jardinero desaparecido y sintió de golpe que ellas reclamaban su presencia.

Primero pensó que esa impresión era exagerada, un reflejo de su nostalgia. Poco a poco se fue convenciendo de que su impresión inicial había sido incluso tenue. La relación entre aquel hombre y sus plantas, o entre aquellas plantas y su jardinero, era mucho más profunda que todas sus sospechas.

No era la primera vez que oía de una vegetación vuelta espejo vivo de su jardinero. Recordó una planta especial marcada por su dueña como una huella digital. Entre las historias de su abuela estaba la de una Fatma que se fue de Mogador dejando varias plantas en las manos de una amiga y entre ellas su favorita: una inmensa Impaciencia, llena de flores rojas y blancas, con los tallos blandos repletos de agua. Se llamaba Impaciencia porque se movía hacia el sol con una velocidad asombrosa. Casi se percibía el desplazamiento hacia el exterior cuando uno la colocaba de pronto hacia la obscuridad de la casa. Era como si por la ventana la llamaran y rápidamente su cuerpo girara para responder al grito de la luz.

La amiga cuidó esa planta lo mejor que pudo pero nada ni nadie pudo evitar que se fuera volviendo lenta, triste, descolorida y finalmente muriera. La Impaciencia no podía vivir sin Fatma, su jardinera desaparecida, y dejando de existir había encontrado una manera de irse tras ella.

Jassiba sabía que de una manera similar su padre había entretejido su vida con la de las plantas y que su jardín entero era ya como un espejo que reflejaba al hombre que ella mejor había conocido. Ese rincón de la naturaleza se había moldeado a lo largo de los años a la imagen de su padre. Y ahora tal vez sólo ella podía descifrar todos esos gestos de la naturaleza. Pero la idea de que el jardín entero pudiera también morir de tristeza siguiendo a su padre, como sucedió a la planta de Fatma, la comenzó a marear, a dar fiebre, a enfermar. Era como si de pronto se enfrentara a la posibilidad de que su padre muriera dos veces.

Durante algunas semanas Jassiba no pudo volver al jardín. La perturbaban esas plantas tan sólo al pensarlas como si le señalaran con fuerza el dolor de la ausencia de su padre. Cuando finalmente regresó las plantas habían continuado su vida de una manera extraña. El retrato implícito del padre en ellas persistía pero había tomado rasgos alarmantes, desbordados, salvajes. Como si algo terrible en la personalidad del muerto hubiera literalmente aflorado en las plantas y gritara. El jardín tan apacible de antes se había vuelto lamento, desgarradura. Y Jassiba supo que nada podría hacer para ponerlo de nuevo en sus antiguos cauces.

Ese rincón de Mogador que ahora florecía locamente, que extendía sus raíces hasta quebrar los muros, donde los árboles eran vencidos por el peso de sus frutos, era un paisaje íntimo que ella no podía sacar de sus pensamientos, un canto hondo que escuchaba a todas horas.

Y con esa voz adolorida dominando sus latidos, algunos meses después Jassiba se encerraría en las noches conmigo a sembrar y cosechar caricias y otros frutos indescriptibles de la pasión desmedida. Como si el amor cultivado con imaginación ávida, que es obvia afirmación de la vida, le sirviera para borrar todas las huellas de la muerte que la pisaban por dentro.

Y de alguna manera nosotros mismos nos habíamos convertido en plantas del jardín de su padre. Un día Jassiba me contó al despertar: "Ayer soñé que anudabas tus caricias a las mías. Y que esos nudos eran las flores que brotaban de nuestros cuerpos: se insinuaban, se abrían plenamente y desaparecían. Nos dedicábamos entonces a provocar su aparición. En una noche inventábamos todas las flores y los frutos de nuestro imaginario jardín de caricias y, además, echábamos las raíces que cada vez más nos unen."

8. El sueño de las sombras

Cada instante me sorprendía al darme cuenta de todo lo que significaba para Jassiba nuestro encuentro. Yo nunca hubiera imaginado siquiera la inmensa presencia de la muerte que estaba en cada una de nuestras caricias, en cada uno de nuestros besos. Como si con ellos fuéramos borrando milímetro a milímetro su pesada huella. La alegría del amor minucioso, de la lujuria detallada que estábamos viviendo luchaba como ejército de hormigas queriendo devorar al tigre de la muerte que dormía en Jassiba.

Llegué a desear que por las noches nuestro amor sonámbulo se encontrara en la obscuridad con el hueco negro de la ausencia de su padre y que lo llenara con su propio cuerpo lleno de goce y de vida.

Cuando Jassiba se embarazó su cuerpo transformado me pidió que aprendiera a escucharlo de otra manera. Su cuerpo me hablaba por su parte en un lenguaje de dudas, de espera, de gestos mudos. A ratos el misterio de esa relación me trastornaba. Muchas veces no supe qué hacer o cuándo. Entonces tuve ese sueño que fue como premonición de lo que me esperaba.

Soñé que dormías desnuda a mi lado y que aun antes de despertar completamente yo levantaba mi mano hacia ti para acariciarte. Tocaba tu piel alrededor de los pezones embriagándome en su textura.

Me acercaba en círculos a la parte más dura y mis dedos lentamente enloquecían. La memoria, reina caprichosa del cuerpo, me hacía tener por la mano las sensaciones de mi boca.

El sol entró de golpe a la habitación y se lanzó sobre tu pecho. Hasta en el dorso de mi mano lenta sentí el calor que te tocaba.

Y la sombra inquieta de una planta en la ventana se extendió también sobre uno de tus pezones. Se enredó entre mis dedos, colgaba su caricia hasta tus axilas. Un ligero vaivén de esa sombra de hojas jugaba sobre tu pezón y tú parecías reaccionar a su caricia.

Pensé que tal vez llegaste a sentirla porque lógicamente la sombra interrumpía el calor del sol sobre ti. De esa manera eras sensible hasta a las sombras y ellas te tocaban. Me di cuenta entonces de que las hojas hechas de sombra eran idénticas a las hojas de la flor bordada en la tela blanca que había sido de tu abuela, que estaba en la fotografía y con la cual me habías acariciado. Y me pareció igualmente lógico que así fuera. Son hojas del mismo jardín de sombras, pensé. El jardín que puede tocarnos de diferentes maneras.

Entonces levanté de nuevo mi mano hacia ti y eras de pronto inalcanzable. Tú no reaccionabas al tacto de mi mano sino de su sombra. Que era de igual consistencia que las sombras de hojas y ramas.

Todo se igualaba en la sombra. Y yo me había transformado en una planta obscura más entre las otras enredaderas. Incluso mi voz, que se levantó hacia ti como otra mano, se convirtió en una sombra más de ese jardín.

De pronto me daba cuenta de que mis manos no podían ya tocar tus pezones sino la sombra de ellos. Avanzaba hacia ti y me topaba con una nueva sombra deteniéndome. En el sueño, me dolía aceptarlo, tenía que convertirme completamente en sombra para tocarte realmente. Tenía que transformarme para ti, a la medida de tus deseos más profundos que poco a poco aprendía a descifrar.

9. El reto

El embarazo sorpresivo había intensificado en Jassiba todos sus deseos. Sabía que no a todas las mujeres les sucedía lo mismo. Pero con algunas de sus amigas compartía esa nueva fiebre cambiante. Se sentía afortunada.

Su cuerpo iba transformándose como una flor que diariamente se abre un poco más. Todos los sabores de los alimentos parecían multiplicar su intensidad para ella. Hasta el agua le sabía mucho mejor. Su piel era más sensible en más puntos insospechados del cuerpo como si el tacto hubiera decidido reinar entre sus sentidos y el paso secreto de la hormiga que incendia a los labios del sexo le caminara de pronto hasta en las rodillas. Oleadas de deseo la recorrían de abajo hacia arriba y del vientre a la espalda.

Yo me lanzaba entusiasmado a explorar las nuevas regiones de su cuerpo. Descubría a una mujer distinta cada vez, con nuevas exigencias, acomodos y sueños. Cada día, y a veces mañana y tarde, las zonas más ávidas de su piel eran diferentes y tengo que reconocer que yo no siempre era capaz de encontrarlas. Con frecuencia ni siquiera me daba cuenta de que había sido renovado el desafío amoroso de escuchar y descifrar el mapa de los deseos de Jassiba.

Una mañana, cuando el sol llegó a tocarla muy suavemente con sus dedos iluminados, Jassiba perdió la paciencia con su otro amante, que era yo. La besé tal vez de una manera que ella sintió mecánica, apresurada, autista.

Jassiba despertaba en mis brazos pero sin darme cuenta se me habían convertido en los brazos de un amante empecinadamente rutinario que no entendía que en cada gesto amoroso se siembra primero y mucho después se cosecha.

Sintió que yo no la seguía en su búsqueda amorosa, en su afán por pensar en los mejores momentos de la vida como un jardín privilegiado. Jassiba estaba de pronto en otro universo, entendía otra lengua, y manifestarse en ella era como hablar sin que la escucharan.

Sintió que todo su cuerpo, que toda su existencia, florecía y gesticulaba agitada ante alguien que ni siquiera la miraba. Lo cual no era completamente cierto pero así lo sentía ella.

Jassiba se alejó de golpe de mis brazos y pronunció tajante como tijera de jardín: "No quiero ya tener nada que ver contigo." Cuando yo, obviamente sorprendido, acepté que la frase era dicha sin ironía, ésta se me convirtió en un golpe de hacha talando todos mis bosques.

Ante mi desesperación ella decidió finalmente perdonarme pero no sin imponerme un reto, una condición que me obligara a ser más sensible a los cambios continuos de su cuerpo.

Jassiba había pensado en lo difícil que era pedirme que aprendiera a mirar fijamente lo invisible, a escuchar el canto continuo de las cosas. Decidió entonces enviarme en una búsqueda similar a la que aparece en una historia muy repetida en Mogador.

Tú deberías saber, me dijo Jassiba, que *Las mil y una noches*, que aquí todos recuerdan, tiene una segunda parte muy poco conocida pero no menos apasionante. ¿Recuerdas que la audaz e ingeniosa Shajrazad había doblegado el ansia de sangre y venganza del soberano Shariyar contándole historias muy interesantes que lo dejaban siempre con deseos de escuchar la continuación al día siguiente? Pues lo que muchos no saben es que, en esa segunda parte, en *Las nuevas noches de Shajrazad*, el tiempo ha transcurrido a su favor de una manera inesperada. No solamente controla la atención y la curiosidad del soberano sino también su corazón y varias otras partes de su cuerpo. Ahora ella está embarazada y el rey Shariyar, de día y de noche, se esmera en cumplir todos sus caprichos. Llega incluso a querer adivinarlos.

Las frutas más exóticas son buscadas de noche en todos los jardines del mundo para complacerla. La música más sorprendente es compuesta cada día para acompañarla. Las telas más suaves son extendidas a sus pies por comerciantes que hablan lenguas muy extrañas.

Pero, complacida y ávida al mismo tiempo, Shajrazad descubre que cada día desea cosas más extravagantes y cada noche menos a su amado. El corazón de su corazón, que como todos saben es el sexo, se enfriaba al acercarse el rey Shariyar. Pero él la ama y la desea con tal vehemencia que está dispuesto a todo para volver a ser acogido por ella. Así, un día afortunado, ella encuentra la manera de volverlo de nuevo interesante a su piel.

Aunque sea rey, por deseo de su mujer tendrá que venir humildemente cada noche a contarle una historia o ella no se dignará recibirlo en su lecho. Y además le advierte que no puede usar trucos baratos de suspenso: que ella los conoce todos. Que ella no se conformará como él antes con cuentos fáciles.

El soberano está sentenciado a morir de amor irrealizado si su ofrenda de historias no es ritualmente depositada a los pies, aunque más bien debería decir a los oídos de su amada. En estas *Nuevas noches*, el rey Shariyar se convierte en una nueva Shajrazad. Su íntima soberana cada noche es seducida por sus palabras. No solamente se invierten los papeles sino que además el rey es iniciado por Shajrazad en el arte de ver al mundo de una manera más sensible para poder convertir en historias que lo salven de su infortunio, todo lo que ve y escucha. Que lo salven una noche más por lo menos. Cada vez una noche más.

Le pregunté por qué me contaba esa historia.

—Porque quiero que salgas de aquí y regreses con el tacto enriquecido.

—¿Qué quieres que haga? No entiendo.

—No me volverás a tocar si no vienes a describirme cada noche uno de los jardines de Mogador.

—Pero si en Mogador casi no hay jardines aparte del tuyo.

—Eso parece cuando no se mira bien. Tal vez la ciudad misma sea toda un jardín y nosotros sus plantas carnívoras. Se trata precisamente de que me descubras lo que hasta ahora no has visto. No has sido capaz de ver. Se trata de que escuches mucho más. Por cada jardín que me traigas, una noche de amor. Y solamente a cambio de jardines volveremos a hacer el amor.

Sentí que Jassiba no podría haberme impuesto dieta amorosa más restringida.

—Dicen que Mogador, insistió Jassiba, no es ciudad de jardines. Pero si todo mundo está de acuerdo en llamarla "la ciudad del deseo", tiene que ser también la ciudad de los jardines. La de los más secretos y privilegiados. Descúbrelos para mí. Ese es ahora mi mayor deseo. Mi padre, antes de morir, me dijo que dentro de todo lo que miramos hay un jardín. Que en el grano de polvo que flota en la luz hay un jardín que nos aguarda, si sabemos disfrutarlo. Me dijo que el primer jardín de todos los jardines posibles de Mogador estaba en la palma de la mano. Siempre y cuando seamos capaces de sentirlo cosquillear intensamente. Ven con él a tocarme, o no me toques ya nunca.

Con esa amenaza de muerte amorosa me regaló la sonrisa más amplia que haya visto en ella.

—Me conviertes en tu Shajarazad, le dije.

—En mi contador de historias al menos, en una voz.

Jassiba me dijo claramente que no se trataba de los jardines más evidentes y que no podría tampoco inventar nada que no existiera, que la extravagancia de algún jardinero no hubiera puesto realmente en Mogador.

Desconsolado, incrédulo, deseoso, salí a buscar jardines. Y descubrí que para mí era tan difícil como salir a nombrar vientos, identificar estrellas de día, o contar las piedras del río en movimiento.

Segunda espiral

Jardines a flor de piel

1. El paraíso en la mano

En una tienda de especias de Mogador comencé mi búsqueda de los jardines secretos de la ciudad. La fachada estaba cubierta de platos de cerámica vidriada con diseños asombrosos. Todos diferentes y cada uno más sorprendente que otro. Enmarcaban, sobre el muro blanco, a las tres hileras escalonadas de cestas y bandejas puestas afuera de la tienda, como queriéndose meter en el paso de la gente. En cada bandeja una montaña pequeña de olores, formas y colores. Nueve recipientes por cada hilera. El azafrán, con sus delgadas hojas retorcidas del rojo al naranja, parecía arder al lado del clavo oxidado, enano y puntiagudo. Las pimientas molidas parecían dunas ligeras y las enteras, piedras de un turbio río. Pero ahí la reina de las especias parecía ser la jena, o jené, o henné. Cada instante venían por ella en sus dos maneras: una cesta ostentaba sus hojas pequeñas y obesas mientras una bandeja ofrecía el polvo que de ellas da el molino. Harina verde muy clara y espesa que las mujeres compraban midiendo sus deseos con una cuchara de plata que luego hundían en el polvo. Y el sol daba al brillo de la jena y al de la plata una complicidad sonriente.

Me detuve en esa tienda porque la serie de montículos coloridos me hizo pensar que ese era ya un jardín, un huerto de olores a la venta. Y claro que de cierta forma lo era. Pero luego pensé que debería existir detrás de esta tienda un huerto de especias, seguramente visitable. Y que esa tienda era como los expendios de flores son a los sembradíos, no un jardín sino un aparador de él. No un paraíso sino un anuncio de que es posible. Como lo que me pareció en un principio que hacía Jassiba con los pétalos en las manos para vender ramos enteros. Después me di cuenta de que la florida geometría pintada en cada plato sobre el muro y el conjunto de ellos formaban otro jardín, o algo así como su diagrama, su deseo: el croquis de jardines posibles, tal vez soñados. Círculos de privilegio a la vista.

El tendero olía a una mezcla extraña de anís y cáscara de naranja, caminaba enfrente de sus especias, como queriendo atrapar todos sus olores y luego repartirlos por la calle con sus movimientos, como panfletos invisibles anunciando sus mercancías. No dejaba de llamar "gacela" a cada mujer que se acercaba. Halagadas le sonreían.

Me acerqué al vendedor con poca esperanza pero le pregunté de cualquier modo:

—¿Tienes un jardín para cultivar tus especias?

—Tengo muchos, están por todo el mundo. El clavo y el cardamomo vienen de la India. El azafrán de Samarkanda. Aquella Hoja de los Vientos viene de China. El tomate de árbol disecado de Colombia. La perfumada flor de un día es especia de Costa Rica. Ese fruto picante que llaman chile de árbol viene de México. Mi jardín está en todas partes. Los cuatro muros que ves son invisibles cuando hueles de verdad alguna de mis especias y ese olor te lleva al mundo.

—Lo que quería saber es si tienes un jardín en Mogador o sabes de alguien que lo tenga, además del jardín del padre de Jassiba, que ya conozco.

—¿Dentro de las murallas? No.

—Pero si dicen que el origen de todos los jardines está en Mogador, muy a la mano.

—¿Pagaste por ese jardín? ¿Te lo vendieron como aquellos americanos de Texas a los que les vendían la torre Eiffel? Si quieres yo te vendo un jardín así.

—No. Sólo quiero conocerlo.

Hizo una cara de no saber y llamó por su nombre a una mujer en la tienda que era su cliente. Le hizo mi pregunta. Ella también sonrió pero sin burla. Me dijo:

—Ya sé qué tipo de jardines quieres visitar. Ese que los vendedores como este hombre llaman Los Jardines de las Gacelas. Donde se cultiva el amor y a veces se cosechan celos.

Me extendió la palma de su mano con un ademán de orgullo y coquetería. Me sorprendió. Sus tatuajes de jena eran como los de Jassiba pero con un diseño diferente, le cubrían las manos, una parte de la muñeca y el inicio del brazo. Su geometría aparentemente sencilla era muy compleja. Había formas aisladas y pasajes entre ellas. Me explicó que ese dibujo en particular se llamaba el Jardín de los Orígenes: "Al llevarlo recordamos que cada día debemos construir paraíso con nuestras manos. Aquí está señalado el deber de hacer placenteros los días a quienes nos rodean y a nosotras. Y que debemos perseguir con la obstinación de un puño cerrado nuestros deseos."

También es talismán, nos preserva de todas las fuerzas malignas. La ciudad tiene sus murallas, nosotras nuestro jardín en las manos. Sirven para lo mismo. Protegen si es necesario y dan carácter y belleza si no se necesita protección. También nuestro jardín es coquetería: nos esconde una parte del cuerpo anunciándolo con formas vistosas como plumas de pavo real. Es como una celosía a la medida del cuerpo: nos oculta pero anuncia que algo valioso ocultamos. Aumenta la belleza al hacerla entrar en los sueños de nuestros suspirantes. De la novia los hombres siempre recuerdan el primer jardín de jena cuyos senderos son promesa y laberinto. Por eso es atuendo de bodas.

Y muchas veces hay una escritura secreta en este jardín diminuto. Palabras indescifrables que no se leen pero se tocan y dicen cómo ser feliz y cómo llevar consigo todos los poderes benéficos, cómo complacer a los amantes y a una, cómo detener el mal de ojo, la envidia, la intriga.

Un tratado médico del siglo XVIII afirma que "La jena tiene 99 virtudes, pero la principal de ellas es la felicidad." Es por supuesto una Jamsa y cura. Nos dice cómo alcanzar cada día el paraíso escapando a las torturas y los placeres del mal y cómo volverse, con todo el cuerpo en movimiento, la música de ese camino al paraíso. Un antiguo poeta mauritano, Habib Mafoud, decía que "La jena es serenidad. Y si el alma tuviera un color sería color de jena."

En la tinta misma de la jena está todo eso porque la jena es uno de los árboles, o arbustos más bien, del paraíso. Es planta del desierto. En ella está viva la memoria de la primera lluvia. Resiste todo porque estuvo en el origen de todo.

De un arbusto de jena se derivaron todas las cosas del mundo. Dicen que los animales, todos los animales que conocemos, son descendientes de una plaga que hubo sobre las hojas de la jena. Y el olor de la flor de jena es el origen de todas las seducciones en el aire, de todas las atracciones, de todos los deseos. Y por tanto de todos los humanos ya que todos somos hijos del deseo y habitantes del aire, del agua, del fuego y del jardín. El jardín original renace cada vez que lo trazamos con jena en las manos.

Así quisiera yo trazar en tu piel, Jassiba, la geometría secreta de nuestro paraíso. Una figura que sólo tú pudieras ver y descifrar en un lenguaje inventado por nuestros cuerpos. Las líneas y las formas que nunca permitirían que se te olvidara cada sensación que tuvi-

mos como amantes. *Quiero ser en tu piel la línea escrita de la felicidad. Marcarte con la huella fugaz de mis dedos cuando te acarician, con la tinta invisible de mi saliva recorriéndote, con la traza que dejan mis ojos cuando te miran muy a fondo en el rostro o entre las piernas. Quisiera ser la jena que te cubre y que viene de ese lugar fuera del mundo que por un instante compartimos.*

2. El jardín de las ánimas que bailan

En la tienda de instrumentos musicales de Mogador que Buzid heredó de su abuelo hace más de treinta años están los mejores tambores de piel de cabra que se pueden encontrar en la ciudad. Aunque todo mundo está de acuerdo en que son siempre mejores los de piel de pescado.

Los primeros se templan al fuego. Pero tan rápido como se ajustan se desajustan. Se dice que son caprichosos como las cabras que se suben a los árboles arganos en los alrededores de Mogador y que no bajan nunca si no se les da la gana. Se dice que son tambores con apetito de cabra. Los de piel de pescado se templan sólo con el calor de la música y el eco de las manos que los recorren dura un tiempo largo. Sólo se destemplan en el abandono, en el silencio vacío que viene ya después del silencio poblado que sigue a las fiestas por varios días.

En la tienda de Buzid hay flautas de madera, de piedra y de barro, crótalos de metal y varios tipos de laúdes, guitarras, rababs, violines y otros instrumentos de cuerda. Hay tambores cilíndricos en barro, en latón, en cajas redondas de madera como panderos grandes y también tamborines cuadrados con piel por detrás y por delante que se tocan de ida y de vuelta, como mordidos por las fauces de las manos. Estos últimos tienen tatuajes: figuras geométricas, flores, y manos de Fatma que a su vez llevan tatuajes.

Pregunté a Buzid qué sabía de los tatuajes sobre los instrumentos. Me interesaba saber si eran decorativos solamente o tenían significados rituales. Me llevó a la trastienda y en un anaquel de libros antiguos sin pastas, varios cuadernos y hojas sueltas, encontró unas veinte hojas quemadas por el tiempo que fueron dibujadas por su abuelo. En ellas anotó algunos tatuajes famosos de instrumentos de Mogador.

Había varios en cada hoja y los que me parecieron más bellos y sugerentes llevaban abajo el título "Jardín de las Ánimas", al lado el nombre de un músico muy conocido en Mogador a principios de siglo. Otra anotación decía que habían sido hechos sobre un instrumento que se llama gambri. Inmediatamente traté de ver ese instrumento en acción. Ahora lo tiene un descendiente de quien lo pintó y se usa en la gran fiesta ritual de esa noche. Buzid me introdujo con el nuevo dueño y oficiante del Jardín de las Ánimas sobre el gambri.

Es una forma muy antigua de guitarra cuya caja de resonancia es de madera de nogal cubierta de piel de cabra por el frente, bajo las tres cuerdas potentes que la cimbran.

La madera tiene una forma curva que llaman "lomo de burro". De ella sale un brazo redondo de madera al que se tensarán las cuerdas atándolas directamente a diferentes alturas. El gambri más famoso de Mogador es éste, que lleva los tatuajes jardineros especiales sobre una superficie de piel que resuena ritualmente bajo tres cuerdas. El gambri, conocido por algunos como jash-jush, es uno de los instrumentos típicos de los grupos gnawa: músicos rituales organizados en cofradías. Son los sobrevivientes de la inmigración de África negra al mundo islámico. Su música y sus rituales son el equivalente del mundo de la santería cubana, el candomblé brasileño, el vudú haitiano, las invocaciones garifuna, etc. Todas las músicas rituales caribeñas que mezclaron su culto a las ánimas de origen africano con el culto a los santos cristianos son hermanas de las músicas islámicas que mezclaron el mismo animismo con el culto a los santos musulmanes.

El patrono de los músicos gnawa es Sidi Bilal, antiguo esclavo abisinio y primer muecín: elegido por Mahoma para cantar desde los altos minaretes el llamado a la oración. Su voz notable, según la leyenda, era lo único que sacaba de sus más profundos abismos de melancolía a Fatema, la hija favorita del Profeta.

Cada grupo gnawa tiene un maalem, el mismo título que llevan los maestros artesanos. Cada uno de los otros músicos del grupo es un oficial artesano de esta música ritual o un aprendiz del maalem. El gambri es su instrumento principal. En un momento crucial del rito deja lo que esté tocando y toma el gambri. La voz diferenciada de sus cuerdas se escucha con fuerza grave y tranquila a través de todos los sonidos. Es asombrosamente más poderosa que los tambores, los crótalos y las voces de los músicos. Por eso tal vez modifica todo lo que se esté sintiendo hasta entonces y establece otra dimensión en el lugar: prepara sin duda el ámbito para aquellos que van a entrar en éxtasis. Invoca con voz de autoridad a las ánimas y los santos que vendrán a tomar el cuerpo de algunos asistentes.

El ritual gnawa comienza en la calle. Es una procesión y carnaval. Algunas veces el grupo de músicos, con tambores grandes y crótalos, lleva por delante el cordero que se va a sacrificar, adornado para la fiesta. Después del sacrificio el grupo va por la calle cantando y bailando. Arman procesión. Se multiplica la gente a sus espaldas. Ellos bailan y todos detrás de ellos. Se detienen en algunas plazas y luego continúan. Los músicos piden al profeta Mahoma y a Sidi Bilal que les otorgue baraka: buena fortuna para ellos y los asistentes. El gambri aún no participa.

El cortejo llega a la casa que auspicia el ritual, donde la dueña nos recibe con dátiles y leche. Todos entramos al patio donde esta parte del ritual continúa y termina. Vienen entonces los juegos: una parte del ritual previa a las posesiones donde los músicos hacen algunos movimientos simbólicos, grandes malabarismos, parodias de espíritus africanos tradicionales: Gri, el mítico cazador de fieras, Buderbala, el místico mendigo errante.

Entonces el maalem recibe la bandeja de los inciensos y perfumes. Los enciende y sobre ese humo perfumado pasea su gambri. La voz del instrumento, así purificada, hace que entremos en otra dimensión. Según el maalem aquí se abre el Jardín de las Ánimas. Estamos de pronto en el bosque mítico donde viven las ánimas poderosas. Cada espíritu poseedor tiene en él su rincón, y un signo geométrico particular sobre la piel del gambri. Como también tiene su color especial, su melk o tema musical distintivo y sus danzas propiciatorias propias.

El maalem las llama con su música ritual e insistente. Más tarde la resonancia es también el canal por el que las ánimas navegan de su mundo al nuestro. Incorporadas a la música se apoderan de los cuerpos que la escuchan con la boca abierta, con las piernas listas para abrirse bailando, con los ojos al viento como ventanas sin celosía, con los huesos huecos y ligeros por la danza ritual que los mueve. Cuando, bajo la voz del gambri, las ánimas pasan bailando con su ritmo a la sangre, la persona poseída ha perdido su propio ritmo. Su corazón ya no gobierna sus latidos. Los asistentes atan a esa persona por la cintura y el pecho con telas de colores, según el color del ánima que la posee, y la sostienen de las puntas de la tela protegiéndola de posibles golpes porque sus músculos se aflojan completamente y tiembla sin control.

Sólo el maalem sabe tocar las resonancias adecuadas a la invocación. El jardín sobre el gambri es el templo invisible de la cofradía gnawa: no se ve pero se oye. Surge de la nada como una aparición sobrenatural. Cuando el jardín no vibra las ánimas duermen en el otro mundo. Cuando la tinta sembrada en el gambri vibra el jardín de símbolos florece y las ánimas llenan el aire enredadas con la música. El jardín del gambri es uno de los lugares esenciales de Mogador. Tan importante como el hammam o el horno público. Es sin duda el más sonoro de sus jardines secretos.

Oyendo la música gnawa pienso en el mapa invisible y cambiante que guía a mis manos sobre tu cuerpo. Y es tu voz que gime o grita o respira hondo la que me dice dónde están hoy las ánimas que despiertan en ti bajo mis dedos. Me orientas y me desorientas y en tu jardín de ánimas me pierdo, me mareo y grito a la vez bajo tus manos y tu boca posesiva. Cuando la voz de tu gambri corporal (las tres cuerdas tensas de tu sexo) se levanta poderosa y se mete en todos los sonidos que hay y que ha habido, te metes también en mí como una voz latiendo más fuerte que la sangre más agitada. La que arquea los cuerpos y los lanza sin dominio hacia la obscuridad de tu jardín de las ánimas. Quiero ser sembrado para siempre por tu voz, y habitar el jardín de tus gemidos, de tus silencios llenos de ecos.

3. El paraíso en una caja

Una buena parte de los habitantes de Mogador vive del trabajo artesanal de la madera. Sobre todo de la olorosa tuia, cuyas raíces son como dedos deformes de una mano inmensa que se hunde en las dunas. Una leyenda muy conocida en Mogador habla del origen de los bosques bajos de tuia que rodean a la ciudad y habla también de este oficio de manos rudas, perfumadas para siempre por esta madera. Tuve la suerte de escuchar esta historia jardinera en la terraza al viento del café Taros. Y como me la contaron la repito.

    Dicen que los mismos magos y arquitectos que idearon y construyeron el famoso laberinto donde tal vez murió Abenjacán el Bojarí (según un respetado halaiquí sabio y ciego que soñaba con tigres y espejos), recibieron luego de su rey el encargo de construir un jardín perfecto. Hicieron un plano que seguía en todo las descripciones sagradas del modelo último de todos los jardines: el paraíso. Primero establecieron las clásicas cuatro secciones de vegetación distinta y en niveles diversos, separadas claramente por canales de agua corriente simbolizando los cuatro ríos sagrados: uno de agua, otro de leche, uno más de miel y otro de vino purificado. Incluyeron infinitos juegos de agua que cantaban al pie de los árboles de la granada, entre corredores de palmeras de coco de aceite y palmeras de dátiles, y arbustos salvajes de jena. Construyeron pabellones, patios y pasajes abiertos que incitaban al reposo, a la contemplación y al encuentro. Y fueron ideados y distribuidos de tal manera que siempre fuera difícil saber si se estaba adentro o afuera de ellos.

Eligieron también a un jardinero. Después de mucho buscar encontraron entre los artesanos de Mogador a un hombre que les pareció en su vida y en su trabajo ser amante de la perfección y de la naturaleza. Era además paciente, inteligente y audaz. Trabajaba con las raíces del árbol de la tuia, muy común en Mogador, haciendo muebles y objetos que asombraban a todos. Para convertirlo no sólo en jardinero sino en el mejor de ellos fue tocado con cuidado en la cabeza por los tres arquitectos magos incrustándole cada uno, como una herencia extraordinaria, su propia pasión dominante. Así, además de continuar gozando sus cualidades anteriores, el nuevo jardinero quedó poseído por tres grandes pasiones: el primero, un gran hedonista, le transmitió su interés desmesurado por las flores; el segundo, el más hábil, lo impregnó del placer por trabajar incansablemente con las manos; y el tercero, el más santo y dominante de ellos, su absoluta pasión por la geometría. Asumiendo además que ésta, por su perfección, era sin duda la última manifestación de Dios.

Hecha esa obra cumbre, los magos arquitectos, que ya tenían más de cien años de edad cada uno, podían retirarse a morir tranquilamente en su pueblo, más allá del Sahara, que era un lugar lejano e inaccesible sin magia, y en donde la tierra estaba tan llena de poderes que todo se construía de barro y resistía como si fuera de piedra.

Durante nueve años el jardinero cultivó con paciencia y acierto su jardín, logrando resultados asombrosos. Sus flores fueron reconocidas en el mundo como las más bellas de cada especie. Los ciclos necesarios para que los árboles frutales estuvieran en su mejor momento se había completado justo a los nueve años y con gran éxito. Además, cada rincón de su jardín era un ámbito de reposo imprevisto y abría en las personas, por su audaz y sutil composición geométrica, una sensación de infinito.

Su felicidad, esa primavera, fue tan rotunda como el esplendor de su jardín hasta el verano. Y le duró esa felicidad tanto como lo verde intenso de las hojas.

Pero en el otoño una nube de tristeza fue introduciéndose poco a poco en sus días, acompañada de una insatisfacción difusa. Se dio cuenta de que su jardín distaba de ser perfecto.

Emprendió entonces trabajos que enfatizaban la geometría de arbustos, hileras de árboles, cúpulas que las ramas de estos entretejían. En medio de las largas líneas de agua corriente introdujo breves interrupciones en forma de laberinto.

Cada día retomaba plantas y construcciones de su jardín y los llevaba hacia una geometría más evidente. Soñaba formas abstractas que se desprendían unas de otras como plantas imposibles, generándose a sí mismas por una ecuación perfecta. Pero despertar era desilusionarse. Llegó a desesperar por la poca docilidad de ciertas flores para parecerse a la flor geométrica de sus sueños.

Un día cortó todas las flores. El rey estaba de viaje y nadie más podía detenerlo. El jardín era su reino dentro del reino. Y el viaje del rey duraría por lo menos un año.

Otro día talló todos los troncos de los árboles convirtiéndolos en columnas octogonales. Con los miles de metros de cortezas y madera que arrancó hizo tejer un muro para encerrar completamente su jardín. Así lo alejó de la vista de los cortesanos escandalizados. Ni él ni sus ayudantes volvieron a salir en meses del jardín. La huerta les dio seguramente de comer. Los venados cola de espuma y los conejos rayados que habían hecho famoso el lugar también desaparecieron por las necesidades alimenticias de ese pequeño batallón de jardineros que se turnaban para trabajar noche y día.

Durante nueve meses no hubo silencio ni reposo adentro del muro tejido. Un día no se oyó nada y todos en el reino se inquietaron. Corrieron las murmuraciones sobre lo que había pasado. Hubo quien juró que todos se habían suicidado; o que habían puesto sus cuerpos como abono de las plantas; o que el jardinero enloquecido había enterrado todo, convencido de que los árboles seguirían creciendo al revés, hacia abajo.

Un día, sin mayor aviso, el rey entró en su ciudad. Había adelantado su regreso por los mensajes alarmantes sobre el estado mental de su querido jardinero, que desde hacía varios meses lo esperaban ya en cualquier nuevo lugar al que llegara. Se imaginó que su jardín estaría incendiado y que el jardinero terminaría colgándose de alguna rama. Después de presidir un inmenso festejo público por su regreso, el rey hizo venir al jardinero geómetra. Este le dio la bienvenida y mientras lo saludaba su entusiasmo creció geométricamente hasta que ya no pudo más y le dijo que le tenía una sorpresa, que ahora su jardín era ya perfecto.

El rey se sintió tranquilo y decidió que todos los rumores sobre el jardinero eran producto de la envidia de su corte. No era la primera vez que eso sucedía. El jardinero estaba bien y cuidaba su jardín con el entusiasmo de siempre: como un poseído por la vida de sus plantas.

Caminaron juntos hacia la más cercana de las veintisiete puertas que había en la muralla del jardín. El rey le hablaba asombrado de los jardines que había visto en su viaje.

—Pero no te preocupes, no tengo dudas, sigues siendo el mejor de los jardineros del mundo. A pesar de todos los esfuerzos de otros, ni el jardín más maravilloso que yo haya visto se acerca remotamente al nuestro.

Al llegar a la puerta que el rey nunca había visto cerrada, el jardinero pronunció una contraseña numérica y sus ayudantes les permitieron pasar. El rey casi se desmaya al ver de golpe su jardín hecho un basurero de plantas a medio arrancar y destrozadas. Una reserva de aridez con caóticas montañas de madera acumulada.

—¿Qué pasó con mi jardín? ¿Esto es lo que llamas un jardín perfecto? Aquí no hay sino desolación y destrucción.

—Lo que teníamos antes aquí era apenas el esbozo de tu jardín perfecto. Sólo servía para convertirse en lo que ahora verás.

El jardinero geómetra dio una orden palmeando las manos y aparecieron cinco ayudantes trayendo una caja cúbica bellísima, hecha de distintas maderas preciosas incrustadas unas en otras, lo que llaman ahora taracea.

—Huele a cedro. ¿Cortaste mis cedros favoritos? ¿Hiciste pedazos los cedros, los arz que hice traer de las montañas del Atlas para armar una simple caja?

—No es una simple caja. La traza geométrica que la sustenta es la idea precisa del jardín más bello del mundo. Todas sus proporciones son exactas. El paraíso tiene que ser así. Es un objeto perfecto, es la imagen no sólo del paraíso sino de Dios. El cuerpo principal tenía que ser de cedro del Atlas, o arz, porque es la única madera que necesita muchos años, a veces siglos, para comprender que ha sido cortada, que ha sido separada de su madre y se le ha dado la libertad. Su alma sigue verde y fresca durante décadas. Además, el olor del cedro tiene la "nesma de la felicidad": a todo el que tenga angustias en su corazón le bastará con hundir la nariz en una caja de esta madera para ser feliz de nuevo. Este cedro de arz se usa en los baños públicos, los hammam, porque la humedad no lo debilita ni lo deforma y resiste con indiferencia los cambios de temperatura. Tampoco se deja atacar por plagas de insectos, como otras maderas que les gusta ser amadas hasta el extremo de aceptar ser comidas.

Su única imperfección sucede cuando está pegado a la tierra porque, bajo la influencia de ella, tiene la falsa impresión de vivir por su cuenta, fuera de control, y se deforma extraña e irreparablemente. Su mejor forma de vida, su más lograda expresión, está sin duda en la geometría impecable de un cubo, con senderos incrustados de otras maderas a distancias precisas que señalen sus proporciones bien logradas, multiplicando así la imagen de su perfección. Esta caja de taracea es, rey, la síntesis enriquecida de tu jardín. La expresión perfecta de la naturaleza. Es el árbol, no reducido sino elevado a la más pura geometría posible.

El rey tomó la caja en sus manos, la abrió, sintió una ráfaga de olor balsámico inundando su rostro y sonrió ampliamente.

El jardinero se alegró de haberlo convencido. Todo su esfuerzo había valido la pena. Ahora hasta el rey reconocería que en esa caja estaba el jardín de los jardines.

Pero el rey sonreía porque finalmente decidió qué hacer con ese jardinero poseído con obstinación por un delirio geométrico.

—Arrogante, fuiste un maestro, un maalem notable, un artesano mayor, y no te bastó. Te has creído Dios y así te has ganado el infierno. En esta caja pondré hoy mismo, antes de que caiga el sol, tus cenizas.

Y dicen que así, de esa ambición jardinera, nació el arte de la taracea, el arte de la madera incrustada que se propagó por el mundo desde Mogador.

Pero dicen también que al cabo de varios meses, del montoncito de cenizas brotó una planta bella y orgullosa. No un cedro del Atlas, un arz, como se esperaba en la corte, sino una tuia de Mogador, de las que rodean a la ciudad por el noroeste y anclaron a las dunas que antes invadían la ciudad con ciertos vientos.

Al salir de Mogador por el camino de tierra que lleva al puerto de El-Jadida (la antigua Mazagán) se tiene la impresión de navegar en un mar verde. Los árboles bajos de la tuia permiten ver las copas brillantes como una ondulación que, con el viento, parece nunca estar quieta. Dicen que ese viento es el espíritu del jardinero perfecto, preso en la imperfección natural de ese bosque y queriendo escapar.

Déjame resucitar en tus dunas y fijarlas con mis raíces. Déjame oler en tu caja perfecta todo lo que de ti me embruja. Déjame sentir que incrustas en mí todas tus maderas. Déjame ser prisionero orgulloso de todos tus movimientos. Déjame admirarte como si mil bosques y mares y desiertos hubieran sido invertidos en la perfección cambiante de tu belleza.

4. El jardín de lo invisible

En el mercado de especias de Mogador confluyen los delirios del sabor de varios mundos. Desde la austera y grave pimienta negra hasta la loca paprika; desde la espectacular flor estrella del anís hasta la insignificancia engañosa del capilar eneldo; la segura seducción de la canela, el clavo, el cardamomo, la vainilla; la presencia orgullosa de ajos y cebollas; la adictiva mostaza y el ajonjolí omnipresente. Cientos de intensidades de la lengua se dan cita y pueblan la mirada de colores insospechados, pero no menos que sus olores y texturas.

A las personas extremadamente sensibles se les prohibe pasar por esta zona del mercado. A los niños se les advierte sobre los vicios de los sentidos que aquí se adquieren. Las mujeres saben que aquí están, en semilla, las experiencias del paladar que aflojan cerebros y corazones.

También en esta parte del mercado se encuentran las farmacias tradicionales, con sus alas de ave seca, sus colas de murciélago, hongos frescos y disecados, decenas de amuletos y pócimas, y hasta algunas pastillas recién entrometidas.

Entre una montaña de azafrán a la izquierda y un collar de alas de buitre a la derecha, se encuentra un puesto insignificante, con una caligrafía por encima que anuncia el nombre de la tienda: El Jardín de lo Invisible.

Hay algo intrigante en las plantas antiguas que conserva ahí esa mujer. No se ven solamente como plantas viejas, disecadas como en cualquier herbario. Tienen una apariencia de haber sido bañadas en algún líquido que secó hace mucho, tal vez para conservarlas mejor. Son tratadas con veneración, como si en ellas hubiera algo más de lo que vemos. Algunas todavía son venenosas. Otras todavía producen diarrea o quitan el dolor de muelas o el de la cabeza.

Esta mujer me dice que cada una de estas plantas es poderosa, que "hay que tener cuidado con ellas". Le pregunto cuál es su magia. Que me diga por favor qué cura o de qué enferma cada una. Me explica que no se trata de eso. Pero que no quiere perder el tiempo explicándome porque lo más probable es que yo no entienda nada: sólo me va a decir que estas plantas vienen del Jardín de lo Invisible.

—¿Y dónde está? Yo quiero visitarlo.

—Precisamente, el Jardín de lo Invisible no se ve con tus ojos. Es el sitio donde las plantas buenas y malas crecen y adquieren sus poderes antes de venir aquí, donde sí las podemos ver. Algunas semillas abren en la tierra la puerta que lleva a lo invisible y por ahí entra una planta. Como son puertas pequeñas sólo vienen cuando son diminutas y así pasan inadvertidas porque parecen ser como las otras plantas. Yo las cultivo pero no siempre todas crecen. Hay algunas con voluntad propia. Tienen poderes. Tienen baraka. Hay flores que aquí huelen mal, pero ese olor puede ser muy bueno en el mundo de lo invisible. Tampoco lo bonito aquí necesariamente lo es allá. Mire.

Entonces me muestra una flor seca de aspecto muy desagradable que además huele terrible. Esta es una de las más apreciadas.

—¿Allá?

—Allá y aquí. Lo invisible también está entre nosotros. No lo quieren ver esos que todo lo miden y le ponen nombres y apellidos a las plantas. Pero lo invisible es como un hilo que nos cruza y nos hace enamorarnos, enfermarnos gravemente o atarnos a algo o a alguien. No es bueno traer hilos sueltos (invisibles, se entiende). En Mogador le decimos baraka o nesma. Pero algo similar hay en otros lugares. Una mujer que estuvo aquí hace unos años me dijo que los antiguos americanos llamaban a la fuerza de lo invisible el tonalli. Me dijo que la gente se moría por haberlo perdido y conservarlo caliente era el reto de la vida. Es lo invisible de la vida. No es un alma, concepto limitado, es más que eso porque es alma y cuerpo y sus alrededores. Tampoco es tan sólo algo que cura. Es la fuerza misma de la vida. Claro que no lo van a reconocer los médicos porque a la medicina moderna parece que no le gusta lo que no ve. Algunas flores tienen con lo invisible un pacto y actúan sobre lo invisible de los hombres. Es un círculo secreto. Lo más peligroso son siempre los enfriamientos. Todo mundo muere de eso aunque digan que es de otra cosa. Estas plantas, por ejemplo, combaten el enfriamiento. Llevan el sol adentro y se lo ponen a la gente en el pecho.

¿El jardín de lo invisible? Está en todas partes y lo que vemos es tan sólo una punta de lo que traen detrás o adentro estas flores. Claro que nadie puede decir cómo es todo eso porque nadie lo ha visto. Pero se siente. Los que se han metido a lo invisible con curiosidad afiebrada no han regresado. No todavía.

Así quiero yo ir de mi mundo al tuyo y nunca regresar si no es contigo. Quiero un pacto con lo más invisible de tu cuerpo que dentro de ti me llama. Toco y huelo en ti lo que tantas veces no se ve. Mis manos te buscan a tientas. Mi boca tampoco mira. Por eso creo en lo invisible de tu cuerpo hasta cuando estás tan cerca que ya no es posible ver nada. Si estoy triste o sin fuerza tú me curas. También entre nosotros lo más peligroso es el enfriamiento. Si se me escapa eso, baraka o tonalli, tú me levantas hacia ti porque también tú crees en lo invisible que nos une.

5. Un jardín ritual tejido

Pensando obsesivamente en las flores bordadas sobre la tela blanca que llevaba en la cabeza la abuela de Jassiba, en la fotografía que me obsesionaba, me puse a buscar en Mogador algún jardín de tela. Tendría que ser algo fuera de lo común que Jassiba no conociera. Yo recordaba varios motivos florales en las capas típicas de los bereberes acompañados de figuras abstractas de colores intensos. Y también las clásicas alfombras persas con flores arquetípicas: pequeños paraísos transportables. Ambos sin duda muy comunes para el gusto de Jassiba. Tendría que encontrar en Mogador, viniera de Persia, del sur del Sahara o de donde fuera, algún jardín tejido excepcional.

Recordé un espectacular atuendo ritual de Chiapas donde se cuentan mitos con las figuras bordadas. Algo similar debe existir aquí. Pensé que si en Mogador había algún jardín interesante de tela, mi amigo Joseph, que en su tienda abajo del café Taros vendía entre otras cosas los textiles más bellos hechos en la región, debería saberlo.

No sólo no me decepcionó, sino que puso antes mis ojos uno de los tesoros de su colección personal. Algo que muy pocos han tenido el privilegio de haber visto. Sacó de un baúl cerrado con cinco llaves, varias piezas tejidas y llenas de texturas iguales. Formaban un solo atuendo. En Mogador siempre se le consideró un tesoro, me aclaró Joseph. Tenía tres partes: una falda, un tocado y una camisa. En las tres había esas flores diminutas, bordadas y tejidas en tercera dimensión con gran precisión descriptiva.

Había llegado a Mogador en el botín de un antiguo barco pirata. Pasó de mano en mano por las familias del puerto durante varios siglos. Y no mostraba marcas de deterioro. Era considerado un objeto mágico, lleno de baraka. Se le conocía aquí como "el kaftán de Pizarro" porque había la leyenda de que a él personalmente se lo habían quitado en altamar los bucaneros mogadorianos cuando regresaba del Perú con sus tesoros. Mogador, con su puerto amurallado, fue refugio de barcos piratas, muchas veces asociados con los más famosos piratas de Salé, de origen andalusí, que asaltaban comúnmente a las naves españolas que cruzaban el Atlántico haciendo escala en las Islas Canarias. La piratería era una empresa prestigiosa y en auge, financiada por los comerciantes y los nobles de la ciudad. Competían con los piratas de la reina de Inglaterra y con los de Portugal.

Aquellos mogadorianos que tuvieron la fortuna de encontrar a Pizarro navegando y le quitaron lo que él había robado a su vez en el templo dorado del Cuzco, se vieron envueltos en una de las tormentas más terribles que hubo entonces en ese océano. El peligro de hundimiento aumentaba considerablemente por el tremendo peso del oro que llevaban. Y para conservarlo y seguir vivos decidieron tirar al mar todo lo que hubiera de menor valor en el barco, incluyendo alimentos, balas de cañón, y hasta se deshicieron de los prisioneros encadenados y de sus propios heridos. Dos o tres nuevas esclavas de belleza deslumbrante fueron conservadas casi hasta el último momento pero también terminaron en el agua.

Cuando finalmente tiraron al mar todo lo que en su botín no fuera de oro, el cofre donde más tarde descubrirían que estaba "el kaftán de Pizarro" flotó sorpresivamente y fue creando a su alrededor un círculo de tranquilidad en el agua que muy poco a poco se extendió hasta el horizonte. Algo en ese cofre detuvo a la tormenta y había salvado sus vidas (y sus lingotes de oro). Felices y asombrados lo sacaron del agua. También lograron rescatar a las esclavas, a algunos monjes que no dejaban de dar gracias a Dios y a ciertos nobles por los que pedirían rescate.

Con curiosidad y hasta con cierto temor se decidieron a ver qué contenía el cofre salvador. Muchos temían que la figura de algún santo cristiano estuviera adentro, lo cual pondría en crisis sus creencias.

Otros estaban seguros de que encontrarían un poderoso amuleto, más valioso que todo el oro que llevaban. O incluso podría estar ahí un djin: un genio listo a satisfacer todos sus deseos. Pero algunos gritaron suplicantes que por ningún motivo se abriera el cofre porque seguramente la tormenta había quedado atrapada adentro y al abrirlo saldría de nuevo a torturarlos, a tomar sus vidas (y su oro).

Cuando sacaron de ahí tan sólo una tela muy elaborada, de colores brillantes, con hojas y flores tridimensionales tejidas sobre la superficie, no su-

pieron exactamente lo que veían. Se llenaron de des-
ilusión y misterio. Uno de los monjes rescatados se
adelantó a explicarles:

"Lo que ven es un jardín, tal vez el más antiguo del nuevo continente. Fue botín de guerra que
los señores Incas tomaron a los descendientes de un
pueblo legendario que llamaron Chimú. Dicen que
tiene magia porque representa su paraíso. Hicieron
con él una túnica que visten las sacerdotisas en lo
alto del templo para pedir fertilidad en las mujeres y
en las siembras. Dicen que hace llover en el desierto.
En él están reproducidas, como esculturas de hilo,
todas las plantas que los americanos consideran má-
gicas. Como si la superficie de la tela fuera la tierra
sobre la cual se levantaban flores y plantas muy va-
riadas. Todas son identificables: ahí están el maíz y la
flor de la coca, que reina en sus arreglos y con cuyas
hojas hacen infusiones poderosas, la flor del algo-
dón, varias plantas de tubérculos y muchas otras. Es
como uno de nuestros tratados de botánica, con lá-
minas bellísimas. Pero como estos pueblos no llevaban libros todo lo contaban con hilos en lenguas
tejidas que casi no entendemos. La disposición de
las plantas en la superficie muestra un diseño geométrico en espirales que van de lo simple y visible a lo
escondido o invisible: debajo de la superficie que
vemos hay otra capa de tejido donde aparecen unos
personajes. Tal vez sean sus dioses subterráneos, tal
vez sus muertos. Del corazón de ellos sale cada una
de las flores y las plantas. Tal vez son el espíritu de la
naturaleza, su fuerza que viene de un más allá subte-
rráneo. De un averno donde las flores no sólo no se

queman sino que se reproducen cálidas. Nuestros superiores, que han estudiado todo esto, los llaman los demonios del jardín. Creen que son el origen de la lubricidad y la lujuria de esos pueblos."

La belleza y el misterio de este atuendo vegetal me cortaban el aliento. Y desde aquel día no puedo pasar por la tienda de Joseph sin pedirle que me lo muestre, que me deje visitar de nuevo su jardín tejido, su paraíso de hilos calientes que el corazón de algún dios alimenta.

Quiero entrar en tu corazón por esos hilos. Ir en ti de la flor a la entraña. Y regresar contigo desde la muerte trayendo la irónica sonrisa que nos da vida. Vestirnos del jardín de la magia y sentir que crece a nuestro alrededor un círculo luminoso capaz de detener tormentas o desencadenarlas en nosotros muy adentro. Quiero ir en ti de lo visible a lo invisible, de lo que adoro a lo que todavía no conozco, de un asombro a otro. Quiero ser el jardinero ritual de estos tatuajes de hilo que en ti florecen. Cultivarlos y perderme en ellos, cosechar sus olores y sus poderes. Quiero ser el sacerdote enamorado ciegamente de la religión vegetal que cada noche de luna llena en mí estableces.

6. El palmar andalusí de lo tremendo

De la antigua Puerta Grande del Este salía el camino real de Mogador hacia Marrakech, la ciudad de los palmares. Avanzaba entre las dos alas del viejo cementerio musulmán como despidiéndose de sus muertos. Y corría paralelo a un acueducto por varias centenas de metros antes de seguir sólo su camino.

Adentro de las murallas el acueducto alimentaba un pequeño palmar diferente a todos. Sigue perfectamente escondido a la vista de quienes se acercan a la ciudad o se van de ella. Su altura no es inmensa y fue calculada milimétricamente por un alarife andalusí. Así como la distancia entre cada tronco, la curvatura de las hojas y hasta el crecimiento a lo largo de los siglos. Ese palmar es el templo andalusí de Mogador, hecho tan sólo de palmas y helechos incrustados en su tronco.

Entre los andalusíes expulsados de España hubo algunos que se instalaron en Mogador varios siglos antes de la nueva fundación en el siglo XVIII y las murallas que ahora conocemos. Entre ellos un descendiente de Ibn Hazm de Córdoba que construyó un palacio y este palmar excepcional. Aunque no único porque un medio hermano suyo, emigrado a América, hizo otro en el corazón de la selva,

109

llamado Palmar Chico, que todavía se puede admirar en ruinas muy cerca de la península de Osa, en Costa Rica, imitando lo majestuoso del de su hermano en Mogador. Curiosamente, allá me hablaron hace algún tiempo de éste y siempre creí que se trataba de una leyenda. Hoy pude encontrarlo aquí y sigue siendo cuidado por sus dueños.

Dentro de él se siente estar en un muy luminoso lugar sagrado, lleno de luces y de sombras. Desde fuera impresiona la penumbra espesa que produce como si tuviera un techo firme. Su cielo de palmas funciona como celosía: se vuelve invisible desde adentro y muy opaco desde afuera. La frescura que los helechos le dan casi quita la sed sin beber nada. Las serpientes hacen nidos en el corazón de las palmas y salen masivamente a encontrarse con su destino cada luna llena.

Aunque lo más asombroso de este palmar es que sus ramas, al cruzarse, forman arcos islámicos perfectos: dos hileras de diferentes alturas. Lo primero que viene a la mente es la arquería de la Mezquita Mayor de Córdoba.

Se dice que este alarife andalusí, perdido de añoranza, revirtió el espejo de su mezquita cordobesa, cuyas columnas son como palmas perfectas, y construyó estas palmas que son como arcos y columnas vivas.

La Mezquita Mayor y sus primeros arcos son espejo también de otra añoranza (según la cuenta el sorprendente y sorprendido autor granadino de *Córdoba de los Omeyas*). Impregnado de nostalgia, Abd Al-Rahman hizo traer de su Siria natal palmeras y granados, que no crecían antes en Andalucía, y los sembró a la orilla del Guadalquivir en un palacio que construyó similar al de su infancia. Muchos siglos después, en Mogador, las palmas viajan de nuevo bajo el signo del deseo. Reproducen no sólo un paisaje sino además una arquitectura total, una naturaleza de piedra. Por eso son paradójica construcción orgánica, como los sueños, como el deseo.

Cuando se está en el palmar andalusí de Mogador se descubre que la nostalgia de este alarife no era sólo por su mezquita perdida sino por la impresión estremecedora y a la vez tranquila que en ella se cultiva: una sensación de trascendencia, de ir más allá de uno mismo, de tocar lo imposible y lo perfecto y lo invisible con los ojos y las manos.

Así quisiera ser: piedra y palma de tus sueños. Construir aquí y allá, por donde pises, la sombra que te añore. Sembrar en ti, donde te muevas, la palma de mi mano sosteniendo tu equilibrio, que será el mío. Quiero ir más allá de lo que vemos. Descubrir en la sombra más profunda y fresca de tus sombras el templo vivo donde te adoro. Mi palma avanza adentro de tu cuerpo. Mi palmar respira y se arquea en tu sombra. Me estremece para siempre el instante que nos une. Me haces tocar en ti el arco de lo tremendo.

7. El jardín de argumentos

Preguntando cada día por jardines que contarle a Jassiba me encontré, en el barrio judío de Mogador, al lado del mercado de plateros, con un hombre risueño, conocido por ser sabio, que me habló de un huerto tan extraño que es encarnación de todos los deseos posibles. Después de mucha insistencia me explicó dónde se encuentra ese huerto estrecho que él llamaba el Jardín de los Argumentos. Señaló hacia un edificio grande que da a la Puerta Dukhala y que en tiempos de los portugueses había sido un convento dominico. Luego, por más de un siglo, fue cuartel.

Hace poco se logró por fin lo que tanta gente pedía y finalmente fue desocupado por el ejército. También se logró que no lo convirtieran en hotel, estacionamiento o centro comercial. Será un lugar comunitario: deberán poder disfrutarlo todos los mogadorianos.

En la pequeña parte construida habrá un museo de las cosas hechas y deshechas en Mogador. Y el patio, que ocupa la mayor parte del terreno, será convertido en un jardín público. Algo muy necesario en Mogador, como todos están de acuerdo.

Se formó una comisión de ciudadanos para decidir el destino y forma del jardín. Hay en ella personas de diferentes profesiones y pasiones. Dos por cada especialidad. Todos trabajaron durante varios meses para presentar a los otros su idea de la mejor opción para hacer en el jardín. Pero sucedió algo inusitado que tal vez no hubiera sido posible si no se tratara de un jardín y cada uno de los participantes no lo hubiera hecho con tanto interés personal: no hubo ninguno de los proyectos que obtuviera más de un voto. Cada quien se aferró a su propio deseo de jardín como si en eso le fuera la vida. Porque es evidente que la idea misma de jardín despierta en la imaginación deseante anhelos de paraíso en los que se invierte no sólo todo el cuerpo sino además todo lo que se considera el sentido mismo de la vida.

Así, los arqueólogos hicieron excavaciones y decidieron que el jardín debería ser una muestra de las semillas antiguas que encontraron ahí, dejando por supuesto un inmenso hoyo en el piso como muestra de cómo trabajan los excavadores.

Los historiadores sostienen que el jardín debe incluir las plantas que los antiguos herboristas de la ciudad dibujaron en sus libros y en otros documentos conservados en archivos.

Los biólogos piensan que se debe hacer un muestrario de plantas conocidas y desconocidas que deberán ser sembradas en el terreno por orden alfabético. Pero uno de los biólogos piensa que se debe seguir el orden de los nombres en latín y otro que deben ser los nombres populares los que definan los sembradíos.

Los pintores, que son muy importantes en la ciudad, quieren un jardín donde tierra y plantas se organicen por su colorido. Uno de ellos ya encontró una mina de tierra verde limón que va perfecto con ciertas plantas. El otro no quiere un cuadro abstracto sino una "instalación" donde se injerten rosas en granadas, se pongan pelucas a los cactus, se siembren los árboles con las hojas bajo tierra y las raíces al aire: un jardín conceptual donde reine como flor de papel seco una palabra estereotipo: "transgresión".

Los conservacionistas quieren un jardín de "plantas en peligro de extinción".

Los ecologistas un pulmón de árboles para la ciudad.

Los religiosos quieren un retiro de oración y contemplación.

Los regionalistas quieren una muestra perfectamente representativa de las plantas de la región. Y están dispuestos a arrancar y quemar todas las plantas que ellos no consideran regionales.

Los antropólogos y etnólogos quieren un jardín de plantas usadas por las diferentes culturas de la ciudad en su cocina, medicina, vestuario y estética.

Los arquitectos una galería de cristales cubriéndolo todo, sostenida por una aguja hipertecnológica en cada extremo. Flores de cualquier tipo pero, eso sí, algunas deberán ser de cemento.

Ante las dificultades evidentes para ponerse de acuerdo se decidió recurrir a comisiones internacionales de expertos en jardinería. Llegaron una por una, y en vez de limitarse a opinar sobre los proyectos anteriores formularon también sus deseos:

Los japoneses planearon un bellísimo jardín zen de arena peinada y piedras que recordaba con minucia todas las islas de Mogador desde ángulos diferentes, las costas, la vegetación, el mar y hasta las nubes.

Los franceses proyectaron y defendieron un jardín perfectamente geométrico en todas sus perspectivas. Un jardín tan perfecto que haría ver a Versalles como un desordenado patio trasero. Había setos podados como muros, rotación casi cotidiana de flores y verduras siguiendo un caleidoscopio planeado a doscientos años.

Los ingleses peleaban por una colina construida artificialmente pero que no lo pareciera, y un valle donde todo pareciera terriblemente involuntario pero fuera perfectamente estudiado y controlado.

Los italianos un jardín barroco y orientalista con grutas en forma de fauces gigantes y mil y una fuentes operísticas, una por cada noche de Shajrazad. Y un laberinto sin entrada ni salida.

Los especialistas mexicanos decidieron hacer sobre el mar y hasta adentro de las murallas unas islas flotantes, sumamente fértiles, comunicadas por canales. Inundarían la ciudad y luego la secarían en cada cambio de gobierno.

Los brasileños harían una representación teatral de la vegetación del Amazonas, con jungla de cartón, aves volando y destrucción de la selva por los comerciantes de madera. Se llevaría a cabo todos los días al amanecer y a la caída del sol.

Los peruanos hicieron un plan perfecto que consistía en traer a Mogador desde los países más floridos del norte del mediterráneo millones y millones de barcos de tierra fértil. Como hicieron los antiguos quechuas en su Valle Sagrado. Pondrían toda esa tierra en unas terrazas construidas en el desierto como si fueran montañas. Y luego, como han hecho en Lima, construirían en concreto unos inmensos depósitos de agua sobre postes, dejando suponer a los arqueólogos del futuro que eran adoradores rituales del tinaco.

Los venezolanos planearon mezclar vegetación y concreto, introducir automóviles al jardín e instalar en cada esquina una tienda de bellísimas plantas exóticas.

La discusión continuó indefinidamente. Aunque ya se preparan nuevas comisiones de especialistas con la esperanza de solucionar finalmente este jardín futuro que a todos ha ilusionado tanto: el jardín ideal, el jardín necesario. Lleno por lo pronto de esas exóticas flores de la razón que sus jardineros llaman argumentos.

Así Jassiba yo pongo en el jardín que formulamos cada día mi pasión y el sentido de mi vida. Pero no quiero planear más allá de mi primer paso en él. Si tus deseos son cambiantes quiero ser cada día un soñador diferente de tus jardines necesarios y comenzar a trabajar en cada uno aunque inmediatamente me pidas que emprenda otro camino. Quiero soñar incesantemente en que es posible acercarme a ti por tus sueños, tocarte en ellos y mudar de sueño tras de ti.

8. El jardín de cactus viajeros

Un escritor canadiense que fue de vacaciones a Mogador a mediados de los años setenta, Scott Symons, decidió quedarse ahí para siempre. En las afueras de la ciudad tiene casa y jardín. Hace poco manifestó su voluntad de donarlo a la ciudad. Durante más de veinticinco años ha coleccionado cactus. Tiene una inmensa variedad de ellos y la gran mayoría son mexicanos. Los ha obtenido por una pareja de artistas canadienses que viven en una zona semidesértica de México desde los años cuarenta: la fotógrafa Reeva Brooks y su esposo, el pintor y músico Leonard Brooks. Junto con Sterling Dickinson, con Dottie Vidargas y su esposo, los Brooks han sido determinantes para que la ciudad de San Miguel de Allende conserve su integridad y su belleza. Ellos hicieron posible también el puente de cactus hacia Mogador que se convirtió en el jardín mexicano de la ciudad amurallada.

Como todos los jardines, éste habla de los deseos extravagantes que dominan el espíritu de quienes los crean y cultivan. Este jardinero emigrado quiso llevar a Mogador, a la orilla del desierto, plantas desérticas que ahí no crecían. Su deseo no era solamente añadir al lugar variedades nuevas sino que quiere, como me lo dijo el día que me llevó a visitarlo, "volver este paisaje más fiel a sí mismo".

Hay algo evangélico en esta actitud, como las sectas de lectores de la Biblia que peleaban por ser las que más fielmente leyeran e interpretaran "la palabra revelada". Pero es curioso que se decida hacer a Mogador más fiel a sí misma llevando al corazón de su tierra una parte de la naturaleza mexicana. El desierto profundiza al desierto, decía Scott.

Como si yo pudiera transplantarme con todas mis espinas y arena y con toda naturalidad echar raíces en tu cuerpo de mujer sahariana.

Pienso en los cientos de cactus que viajaron por accidente y tal vez en secreto. Ahora no importa de dónde vienen. Viven en Mogador y son ya de ahí, de ninguna otra parte. Como yo quiero ser tuyo sin importar nada más. Pienso en el paisaje que vi de niño en el desierto de Sonora y me viene de pronto la impresión de que al llegar al Sahara una parte de aquella infancia se despierta en mi memoria y vive de nuevo sólo porque estoy aquí.

Veo noche y día imágenes de aquel tiempo que vuelven y vuelven y yo no sabía que por tantos años las había olvidado. ¿Qué renace en la memoria de estos cactus que son tan felices en Mogador? ¿Qué renace en el fondo de mi piel cuando te beso?

Quiero que tu cuerpo en el mío fluya y florezca recordando o reinventando el jardín que en ti nos une. Quiero

*que tu desierto del cuerpo y el mío se identifiquen en el
misterio de sus plantas viajeras.*

Tal vez estos cactus sean como los acuáticos axolotls
mexicanos que un científico del siglo XIX se llevó a
París para estudiarlos en el Jardin de Plantes. Como
el agua ahí es muy calcárea se salieron de su pecera y
se hicieron lo que potencialmente eran: salamandras
anfibias. Desarrollaron en poco tiempo su aparato
respiratorio y el oído para salirse del agua y caminaron con lo que antes nadaban.

*Quiero volverme eso imposible que habite el territorio
de tu piel y en ella renazca, el aire que te recorra cuando
estás desnuda, las voces que te convenzan sin buscarlo.
Seré una de esas voces que te buscan, como un árbol de
raíces aéreas que se lanzan a la humedad para entrar
en la tierra. Seré la voz que te desea y sale y entra en ti
como el anfibio que te devora y te contempla.*

9. El jardín de las flores y sus ecos

En una de las colinas que rodean a Mogador por el noroeste, una mujer sembró unas plantas que llaman "Esclavas del Arco Iris". Dan una flores de pétalos brillantes que son una de las visiones más bellas que han tenido algunos místicos de religiones distintas. Lo malo es que duran un solo día e irremediablemente mueren. Si alguien llega por la noche a retirar las hojas y pétalos secos la misma planta da otra flor al día siguiente, pero de un color distinto. La gente comienza muy ilusionada a sembrarlas pero luego las abandona fatigada de toda la atención que requieren y la planta entera muere. Esta mujer, llamada Lalla, sembró una ladera de más de cien metros con estas flores, a poca distancia una de otra, como un tapiz de colores deslumbrantes y se decidió a convertirse en su esclava.

—Seré en todo caso una esclava más del arco iris —afirma Lalla, jugando con el nombre de las flores para reírse de quienes le reprochan tanto trabajo. Se viste cada día de colores distintos para no desentonar con el despliegue de su prado.

Y la verdad es que vale la pena detenerse en el camino para ver esa ladera florida. Ya hay un fotógrafo que día a día hace la historia gráfica de los cambios. En un muro de la plaza de Mogador pega las fotos cotidianas, creando un cuadro extraño de colores variables: un segundo jardín que también cambia cada día.

Como la luz se come los colores de las fotografías, un pintor de Mogador decidió copiarlas en otro muro de la plaza con pinceles y colores resistentes a la luz, el viento, la sal y la humedad. Todos en Mogador pasamos por ahí varias veces al día, opinando sobre tal o cual detalle en los muros. Hay fotógrafos que se dedican a registrar cotidianamente los avances del fotógrafo y del pintor.

Varios ciudadanos pensaron que ni el pintor ni el fotógrafo eran fieles a la belleza de la colina del arco iris y a las emociones que transmiten. Y surgieron poetas que cada semana se reúnen en la plaza y hacen un despliegue de formas verbales para decir con intensidad lo que esas flores son. Ya se han formado grupos enemigos y aliados, la prensa ha tomado parte, las intrigas abundan y florecen.

Un panadero ha lanzado un nuevo bizcocho de colores que fascina a los niños y que se llama Arco Iris. En los restaurantes del puerto se puede elegir entre la tradicional bastila de pichón o pollo, la nueva de mariscos y la más nueva de flores de Arco Iris.

Los músicos quieren su parte del pastel y componen incansablemente canciones populares que son conocidas como un nuevo género de la música mogadoriana: las canciones del arco iris. Ya hasta los músicos *gnawa* las asimilan incansablemente a sus rituales de invocación de espíritus.

Lalla no tiene tiempo para enterarse de todo lo que su jardín ha despertado aunque no falta quien

venga a contarle con detalles y exageraciones lo que
se dice de ella y de sus flores. Estos chismes, y lo que
ahora escribo, forman un eslabón más en la cadena
de ecos que desatan estas flores que a todos en Mogador nos esclavizan.

Esto es lo que se llama una cultura de la flor
del Arco Iris. Y por extensión del término un cultivo
simbólico de ella.

*Eres mi ladera florida, y quiero desencadenar tu adora-
ción con mis manos. No dejaré de cubrirte de caricias.
Cultivaré incansablemente todas las sonrisas de todas
las bocas de tu cuerpo. Quiero fotografiarlas, pintarlas,
morderlas, escribirlas, cantarlas y decírtelas al oído como
si no supieras que para ellas vivo. Quiero que me dejes
cultivar tus laderas mudándome de piel cada día para
ser uno con tus cambios, con tus ecos.*

Tercera espiral

Jardines del instante

Los nueve bonsais

Soy planta sin nombre
en las aguas veloces
de tu corriente
Chiun

1.
Huelo a distancia
magnolias en tu vientre
y me trastornan.

2.
Mis ranas locas
por atrás y por delante
saltan a tu estanque.

3.
Soy esa agua terca
que busca de noche y día
todas tus raíces.

4.
Entre tus piernas
a tu húmeda flor labial
van mis insectos.

5.
Locas las hojas
cantan tu nombre
mi viento sigue en fiebre.

6.
Tu flor devoradora
me apresa al vuelo
dentro amanece.

7.
En tu sol negro
con ansia me devoras
grito encendido.

8.
Ya todo dime
tu fuente canta a mi oído
ya todo dame.

9.
La abeja zumba
entre tus piernas
tus labios la provocan

Cuarta espiral

Jardines íntimos y mínimos

1. El jardín más íntimo

El poeta Henri Michaux, que era un gran viajero, visitó Mogador y ahí compró una manzana. No dice exactamente dónde. Pero esa noche, en su hotel (presumimos que esta vez viajaba solo), escribió este peculiar deseo de huerta o Jardín Frutal que luego incluyó en su obra llamada *Magia:*

> Pongo una manzana sobre la mesa. Luego me meto en la manzana. ¡Qué maravillosa tranquilidad!

Gaston Bachelard lo cita y analiza durante un capítulo entero de su libro sobre la imaginación poética vinculada a la tierra y los deseos de intimidad. No deja de compararlo con la sensación que declara Gustave Flaubert sobre todas las cosas de este mundo en las que él se concentra:

> De tanto mirar una piedra, un animal o un cuadro, siento que entro en ellos.

Bachelard dice que, aunque parezca contradicción, el jardín de Michaux es más completo por ser más diminuto. El filósofo está seguro de que en la ensoñación poética sobre la materia hay invariablemente una paradoja: el interior de un objeto pequeño siempre es más grande y emocionante que uno inmenso.

Si pienso fijamente en la manzana de Michaux quiero salir corriendo al mercado de Mogador para comprar una manzana como la suya y ver si yo también puedo meterme. Ejercicio Zen a la francesa, con comida.

Pero sobre todo pienso obsesivamente en ti. Me viene a la memoria y a la sed del deseo aquel día que desperté y estabas desnuda, a mi lado, con la cabeza al otro lado de la cama. Las sábanas te cubrían casi completamente a la excepción de tu sexo que yo veía desde atrás, dormido como un fruto apetecible, diminuto como el corazón de media manzana. Recuerdo haber pensado intensamente en esa comparación. Estaba enmarcado perfectamente por la forma más redonda de tu cuerpo desde el ángulo en que yo te veía.

Pensé que eras mi manzana, mi huerto de tranquilidad, mi jardín más íntimo. Y quería estar ahí adentro plenamente, feliz como Michaux en su diminuto huerto improvisado de Mogador.

2. El jardín mínimo de piedras al viento

Es un jardín muy pequeño: ocupa tan sólo la azotea de una de las casas que dan sobre la muralla de Mogador, muy cerca del Bastión de la Sqala, que es donde el viento golpea con más fuerza. Un hombre que fue jardinero del rey, que conoció todos los medios y todas las posibilidades de sembrar plantas, ya retirado decidió hacer un jardín en su casa. Pero es un jardín de piedras.

Eligió piedras bellísimas de río, que no son comunes en Mogador, de un tamaño que es apenas igual al de una mano grande extendida. Las perforó por el centro como si fuera a hacer un collar con ellas y en cada una incrustó una varilla de metal delgada como un dedo de niña. Cada varilla, de sesenta centímetros de largo aproximadamente, con su piedra en la punta, fue sembrada en el techo de su casa y expuesta al viento.

La distancia entre cada piedra es suficiente para que el viento las mueva y se golpeen unas contra otras, produciendo una música extraña. Es como un campo de flores frágiles movidas por el viento. Y como en Mogador lo único que no faltan son vientos, las flores se mueven noche y día. Eso sí, cantan diferente según el viento que las empuja, la humedad del día, la sal que hay en el aire o la fuerza de ese sol que todo lo detiene.

Es extraña la sensación que emana de este jardín: una fragilidad de flor en un material que sabemos rudo. Una calma que despierta el deseo de seguir contemplándolo

—Me encanta oír mi jardín, me dice el jardinero retirado que ha sembrado y cuidado más plantas que nadie en el reino.

Le pregunto si extraña sus jardines reales.

—Hasta el rey me envidiaría mi jardín de piedras al viento. Es el más bello que puede existir sobre la tierra.

Como él, quiero montarme al viento con mis sueños y crear lo inesperado en tu cuerpo. ¿Imaginas que yo sembrara en ti una pasión que resuene cuando me acerco?

3. El jardín de nubes

Más allá del conocido fervor de los jardineros de Mogador por las fuentes. Más allá de su capacidad de modularlas sutilmente como instrumentos musicales. Más allá de la belleza espectacular de sus albercas en los jardines, de sus riachuelos y acequias. Más allá del dramático y necesario culto al agua en el desierto, a todos nos impresiona el caso de un jardinero de Mogador que se decidió a cultivar agua y cosecharla, no de pozos en el suelo sino de las nubes mismas.

Inspirado en un extraño jardín del desierto chileno de Atacama, se decidió a montar una torre que llegara hasta las nubes. La gente comenzó a pensar que estaba loco cuando encargó a los tejedores de redes del puerto que le hicieran una muy especial, hecha de triángulos invertidos. Cuando le preguntaron en qué barco la usaría dijo que no era para pescar peces sino para atrapar nubes. Nadie podía creerle. Era tonto o se burlaba de todos cínicamente. Aunque era literalmente verdad lo que decía.

El tenía un terreno en una zona costera del Sahara donde era imposible sembrar cualquier cosa. No había agua y la del mar era inutilizable. Leyó en una revista dedicada a lo insólito la historia de un chileno que tenía un jardín en un pueblo, Chugungo, donde escaseaba el agua. Finalmente el agua se acabó y el jardinero no sabía que hacer, su jardín moriría, como todo lo sembrado en el pueblo. El chileno cuenta cómo estaban en una franja de desierto frente al mar y tenían un acantilado gigantesco a sus espaldas. Tan alto que su final se confundía con las nubes que venían del mar.

Entonces construyó en la punta del acantilado una red de triángulos invertidos donde la humedad de las nubes se impregnaba, en forma de rocío, a cada hilo. Se condensaba cayendo hacia el vértice de cada triángulo que a su vez recibe el agua de los triángulos que lo preceden arriba.

El resultado: más de sesenta mil litros diarios en un pueblo que estaba condenado a la muerte por sequía. Lo más impresionante para mí es que este jardinero haya ideado este mecanismo de cultivar o pescar agua porque su jardín iba morir si él no encontraba una solución. La necesidad suya y la del pueblo podrían haber sido motivación suficiente pero no lo fueron. Él reconoce, en esa entrevista, que tal vez no hubiera podido afinar su ingenio a tal punto si no hubiera estado la vida de su jardín en peligro. Los jardineros, como cualquier coleccionista, son capaces de acciones inusitadas. Más de una vez ponen encima de su vida la de sus plantas.

Hablan de él como un loco subido a una escalera altísima y ridícula tirando su red de pescador hacia la primera nube que pase por ahí. Si llega a pasar algún día.

Por lo pronto el jardinero nebuloso de Mogador construye su torre lo más alto que puede, ya que él no tiene acantilado del cual servirse. Mientras más avanza hacia arriba más se da cuenta de que tampoco hay muchas nubes que crucen por su desierto. El continúa, con las redes a su espalda. Subiendo hacia el cielo. Busca el agua para su jardín como un amante desesperado persigue locamente la mirada de su amada.

Así me siento tras de ti, construyendo una torre hacia el cielo, dudando y gozando cada instante que avanzo hacia tu humedad, la que siempre suavemente me trastorna.

4. El jardín sin regreso

Aunque el arquitecto León R. Zahar afirma que el famoso y enigmático Palacio Azul, Al Azrak, se encontraba en algún lugar indeterminado entre Samarkanda y Bagdad, en Mogador se conservan documentos que lo contradicen. Un disidente de la famosa expedición del embajador español Ruy González de Clavijo a Samarkanda y Bujara, efectuada entre 1403 y 1406, da por carta testimonio de otra localización, no menos problemática.

Alonso Páez se vio obligado a separarse de sus compañeros de viaje por haber tenido opiniones radicalmente distintas a las de su comandante y excelentísimo embajador sobre un tema fundamental. Páez insistía en que el agua de un manantial cercano a su campamento era pura y podía beberse. Lo cristalino del estanque y la naturaleza de sus reflejos dorados bajo el sol lo convencían de ello. Razones superficiales para su comandante, educado en la desconfianza sistemática de las apariencias resplandecientes en el mundo diplomático.

Pero Páez, ya antes había conocido ese resplandor y profundidad transparente ante su sed. Con esa convicción en la punta de la lengua se rebeló abiertamente contra su comandante, bebió abundantemente esa agua y además incitó a sus compañeros para que se unieran con él en ese placer deleitable de tener razón por la lengua.

En los diarios de Ruy González de Clavijo ese asunto termina con la enfermedad y el delirio de Alonso Páez y los cinco que se unieron a él en eso que un cronista llama, no sin ironía: "La extinta rebelión de la lengua seca, ahogada en la misma agua secretamente podrida que era el objeto de su antojo y su razón de levantarse."

Pero en una carta de Páez a una andaluza que en aquellos años lo perturbaba más que la fiebre, cuenta su casual descubrimiento del Palacio Azul y de sus jardines. En medio de la fiebre recuerda que lo llevaban en una camilla en la retaguardia de la expedición, y que al acercarse a la ciudad de Samarkanda acamparon en una colina donde recibieron la orden del sultán de acercarse por cierta puerta a la muralla y dejar atrás a los hombres enfermos. Por lo que se decidió emprender con ellos, los rebeldes de la lengua seca, un retorno lento a la última ciudad que habían cruzado.

Esta subexpedición de enfermos en retirada, más un par de guardias y varias mujeres que acompañaban al cortejo, se perdió. El guía fue contagiado, no se sabe cómo pero se sospecha de un severo tráfico de besos.

Después de algún tiempo, no se sabe cuántos días porque ya nadie en el grupo era capaz de contar con certeza los soles que habían cruzado, se acercaron a la región de dunas que, luego lo sabrían, rodea a la ciudad amurallada de Mogador.

Antes de saberlo vieron a lo lejos un resplandor azul que se fijó en sus pupilas. Y pensaron que era cierta la leyenda (documentada por Alberto Manguel y Gianni Guadalupi en su *Breve guía de lugares imaginarios*) acerca de la ciudad de Abatón y su Palacio Azul: una ciudad sin localización fija, invocada por el deseo y viva para ser deseada. Quienes la buscan abruptamente no la encuentran y son muchos los viajeros que la han visto aparecer de pronto sobre el horizonte sin haberla invocado. Se aprende a necesitarla. Se termina no pudiendo vivir sin ella.

"Como todo lo que rodea a Mogador, este es el palacio del deseo —describiría después Páez—, y como tal obedece las leyes azarosas de lo deseado: nos arrebata lo que anhelamos torpemente y nos entrega por sorpresa lo que no sabíamos que necesitábamos tanto y que se ajusta tan perfectamente a nuestros cuerpos."

Otro palacio únicamente puede ser visto a lo lejos por los enamorados, como si ese estado alertara especialmente a la mirada. Según me contó, a las puertas de Mogador, Claire, esposa del poeta Jamal Eddine Bencheikh, editor y traductor junto con André Miquel de la más bella versión de *Las mil y una noches.*

Según Sir Thomas Bulfinch, quien tres siglos después sería el gran cronista occidental de Abatón, junto al resplandor azul del palacio, a lo lejos, crece hacia el viajero una música de tamborines y cuerdas que ya nunca se olvida. El olor llega en oleadas, mezclando tufos demasiado dulces y flores desconocidas, aromas que retan y poseen.

Páez describe con detalle pero con algo de prisa su llegada al palacio y sólo se detiene de verdad en los jardines. Complementa la descripción minuciosa y evocativa a la vez de León R. Zahar quien, a la inversa, pasa pronto por los jardines y se detiene en el palacio. Ambos tocan la esencia cautivante de ese lugar que algunos todavía se empeñan en pensar que no existe.

"Durante varios días dudamos si estábamos vivos o si ese era ya el paraíso. Porque una vez que entramos a los jardines del Palacio Azul nada podría valer como argumento para alejarnos de ellos. Daban la impresión de estar contenidos en un patio interno. En cuatro muros del Palacio, un Ryad, nos decían. Pero se trataba tan sólo de una ilusión porque desde ningún ángulo se podía tener una perspectiva total de aquel supuesto encierro. Después de descender varias terrazas se llegaba a uno de los centros posibles del jardín azul, una fuente excavada en el piso donde confluían cuatro arroyos recordándonos los cuatro ríos legendarios del Edén. Algunos árboles estaban sembrados a un nivel más bajo que las terrazas creando huertas enterradas en geometrías que difícilmente se adivinaban. Después de cruzar varias terrazas uno se daba cuenta de que había caminado más que la extensión del Palacio y que el jardín, en vez de estar contenido en él lo contenía."

"La arquitectura prodigiosa de sus azulejos era de pronto tan sólo una flor más del paraíso. De día dominaban las flores azules. Un mar parecía flotar sobre los árboles, rodeado de abejas. De noche estas flores, que hacían espejo a los azulejos, se cerraban y bajo la luna se abría una marejada de flores blancas como espuma."

"Las fuentes cantaban, como en todos los jardines árabes que hemos visitado en este viaje, pero aquí su canto parecía repetir los nombres de los enamorados que, según una tradición que me han contado, ya nunca saldrán de estos senderos. Y si mi nombre, Alonso Páez, no estuviera grabado para siempre en la voz del agua de este jardín del Palacio Azul, con gusto hubiera regresado a verte."

Quiero extraviarme en sed y fiebres de ti, ver que surges en el horizonte volviéndote indispensable para siempre. Entrar a eso en ti que los otros no pueden concebir que exista porque no conocen la profundidad y los poderes de tus jardines internos. Estos que de pronto me cubren y me abrazan cuando parece que diminutos los devoro. Quiero que mi nombre quede grabado para siempre en tu fuente. Que nunca pueda ya salir de tus dominios.

5. El jardín de voces

En un antiguo rincón de Mogador, ciudad de inmigraciones incontables, de sangres y lenguas y sueños que se cruzan en un arabesco infinito, hubo hace tiempo un pequeño pero muy activo barrio chino donde los jardines interiores no estaban hechos de plantas sino de piedras.

Se trataba de unas rocas extrañas que, según cuentan, habían sido traídas por mar desde los países lejanos donde se compraba la seda. Además de su belleza tenían la cualidad de cubrirse de un musgo esponjoso y rojizo que se multiplicaba rápidamente. Por eso decían en la ciudad que ahí las piedras crecían con la humedad hasta tocar el cielo, que las nubes eran lo único que apaciguaba a esas piedras.

En ese mismo rincón legendario de Mogador, muy cerca de las murallas, entre la puerta del Este y el mar, hay ahora un jardín de saltamontes que un jardinero ciego hace cantar todo el día.

Si se le visita por la mañana se verá al jardinero romper con energía todas las plantas que encuentra, incluyendo a las más bellas y extrañas. Eso siempre desconcierta a quienes lo ven por primera vez. Pero es que en este jardín no hay hojas ni flores si no son aquellas destrozadas que ese hombre deja como alimento en las pequeñas jaulas de sus grillos.

El jardinero sabe qué planta adora comer cada animal diminuto y cuáles hacen que su tono se vuelva más grave o más agudo. Califica y nombra a las flores por sus valores digestivos, es decir por la gama de sonidos que ayudarán a producir una vez digeridas. Como si el único o principal sentido de la vida de cada flor fuera transformarse en un hermoso canto de saltamontes. "La flor es al canto lo que la oruga a la mariposa. Transformación asombrosa." Suele decir a sus visitantes.

También nos asombran las cajas de madera, de marfil o de hueso donde conserva a sus grillos. Algunas son muy sencillas pero no menos bellas, con barrotes de paja y puertas corredizas sobre pequeñas lenguas de madera. Se cuelgan de los árboles como frutas que cantan cuando uno se acerca. Otras son pequeñas esculturas. El mismo jardinero las ha labrado en maderas finas y ha escrito en relieve una caligrafía con el nombre que él da a cada grillo. Nombre derivado de la gama de sonidos a la que pertenece. También esculpe un signo que describe su lugar en el jardín de voces.

Antes de él lo hizo su padre, su abuelo y el padre de su abuelo. Hace cien años eran veinte jaulas labradas las que el bisabuelo mantuvo como un huerto exquisito. Su hijo multiplicó por cinco el huerto y el nieto por diez. Así este jardinero heredó mil jaulas y una pequeña fortuna para mantenerlas. Más el oficio familiar afinado por tres generaciones antes de la suya. Sin contar los siglos que este arte fue cultivado en China. En veinticinco años este jardinero ha hecho crecer el jardín y ya son casi tres mil las jaulas que forman senderos laberínticos, una red muy parecida a la que forman las calles de la ciudad. Cualquiera que no sepa orientarse por sus sonidos corre el riesgo de perderse para siempre en este jardín. Sus gritos de auxilio serían inútiles. Uno más entre tantos.

Son muchos las cosas que, además de la comida, pueden modificar el canto de los grillos. Y una de ellas es invisible y poderosa. Es el deseo. El jardinero sabe que algunas jaulas puestas al lado de otras hacen que toda la noche se oigan gritos entusiastas de cortejo. Y sabe que al alejarlas poco a poco un tono hondo de dolor se va apoderando de ese canto. La distancia es una cuerda imaginaria de deseos que él va templando.

Es tan conmovedor y decidido el canto amoroso de estos animales que desde hace mucho tiempo los poetas de Mogador y sus alrededores lo asocian con esa pasión intuitiva de un cuerpo por otro. Ibn Hazm dice que cuando los enamorados se miran desde lejos "todos los grillos de sus cuerpos se agitan con hambre".

Aziz Al-Gazali cuenta que en Mogador los grillos buscan el calor del fuego y por eso se alojan en las cocinas de las casas o cerca de los hornos comunitarios de pan y en las calderas de los baños públicos de vapor, los hammam, que muchas veces los ponen como emblema, grabados a la entrada. Cuenta también que en la casa de una mujer llamada Fatma, "que vio de pronto florecer sus sentidos a la luz sorpresiva del deseo, los grillos se habían instalado abajo de su cama y cantaban primaveras y veranos hasta en lo más crudo del invierno".

Todos en Mogador parecen estar de acuerdo en que los grillos cantan diferente en cada estación del año y además son capaces de anunciarlas. Bien entrenados pueden medir con precisión la temperatura del día. Este jardinero siempre va más allá y ha logrado un tipo de grillo que mide las temperaturas del cuerpo. Es particularmente pequeño y su voz es leve y grave pero vibra con fuerza. Llaman a esta especie "la sonrisa de la luna". Se ha descubierto que se pone a cantar cuando el deseo crece entre las personas y por lo tanto su calor. Algunos los llevan a sus citas amorosas escondidos entre la ropa, muy cerca de la piel, tratando de sentir la vibración de su canto en vez de oírlo.

Por eso Ibn Hazm, en un libro que continúa su poético manual amoroso *El collar de la paloma*, tiene un capítulo donde enseña a buscar con cuidado e ilusión sostenida, entre los mil pliegues de la ropa de la amada, esos grillos delatores y aconseja luego al amante seguir buscando en los pliegues del cuerpo desnudo de la amada como si fuera a encontrar en ellos mil "sonrisas de la luna".

En este jardín de Mogador, antes de salir el sol, cuando una capa lenta de rocío cae sobre las jaulas y deposita dentro de ellas varias gotas gruesas, se oye a los grillos beber. Su silbido se humedece, su felicidad se manifiesta en gargarismos. Si llegan a tomar demasiado antes de que salga el sol se les oye una involuntaria vibración extraña, como si temblaran de frío.

Algunas tardes sin viento el jardinero ciego busca entrar en las nubes de mosquitos que se agolpan en la playa del sur justo al caer el sol. Se deja picar por ellos hasta que, inflados de sangre, ya no pueden volar, y los atrapa sin dificultad para dárselos como alimento especial a algunos de sus grillos. Especialmente a unos obesos y obscuros que mientras comen cantan de alegría notas graves como campanas gruesas.

El jardinero conoce a cada uno por sus ruidos. Sabe que las ciencias han desarrollado varios métodos certeros para clasificarlos pero a él sólo le importa distinguirlos por su voz. Y lo hace con precisión notable. Ha llegado a identificar con certeza 2,633 especies diferentes de sonidos. Tuvo que restarle cuatro a su cuenta este año porque descubrió que no los hacían los grillos sino él, o más bien su cuerpo: al caminar de prisa, al respirar con dificultad los días calurosos, al suspirar de alegría mientras escuchaba a sus criaturas, al digerir con problemas ciertas hojas y flores que sus animales ya no comían y él no quería desperdiciar.

Un escribano se acerca sigiloso al jardín al comenzar la noche para ofrecer sus servicios en caso de que el jardinero tenga que anotar sonidos nuevos. Su lista crece y cada descripción se va afinando. Así, por ejemplo, al lado de *Ecos de gota sobre fuego: sonido 1327*, se lee esta descripción: " Como saliva entre los dientes; como una súbita ansia de beber. Se repite en intervalos de diez gotas, todas iguales."

Pero el jardinero nunca está satisfecho de su anotación con palabras. Por eso ha inventado una especie de partitura con pequeñas piedras de río de formas distintas que coloca sobre una mesa larga. Sabe muy bien que ese despliegue de guijarros, que para otros sin duda sería un tiradero, esa anotación que sólo él entiende, es también un mapa táctil de los sonidos de su jardín. Por las noches se descubre a sí mismo cantándolo con su propia voz. En más de una ocasión su propio canto del mapa lo ha llevado a reacomodar las jaulas, a modificar la composición de su peculiar sembradío.

Conmovido por la intensidad de algunas voces de su jardín y vencido por la vanidad de haberlas logrado, algunos de los sonidos descubiertos por él llevan en la lista su propio nombre. Son sus criaturas. Y las historias que a él le gusta contar sobre cada jaula, sobre cómo atrapó o logró incubar cada insecto, sobre la vida y las costumbres de sus bichos, podrían llenar de entusiasmo a quien tenga la suerte de escucharlas, como si *Los cuentos de Canterbury*, los del *Decamerón* o los de *Las mil y una noche*s se hubieran originado en un jardín de grillos.

Ha llegado a controlar muchos de esos cientos de sonidos de insectos. Puede hacer que se reproduzcan: de cierta manera es capaz de sembrarlos. Experimenta sus mayores alegrías cuando los escucha florecer, madurar.

En ocasiones hasta lo que otros ven y él sólo toca, si es de verdad asombroso, se vuelve sonido para este ciego. Eso sucede de diferentes maneras, pero en especial con un animal que llegó hasta Mogador en barco desde una ciudad amurallada de la Guayana. Es una especie extraña de saltamontes bellísimo que reina en su jardín ostentosamente: sus alas, más bellas y brillantes que las de una mariposa *Morpho*, tienen el doble de tamaño de su inmenso cuerpo. Son verdes y amarillas y moradas. Y el canto de este grillo despliega ese colorido de una manera que sólo el jardinero escucha.

Para él, ciego de nacimiento como su padre y su abuelo, el espacio no existe si no produce sonidos. La idea misma de un jardín callado es algo que no puede imaginar. Las voces surgen a su alrededor, florecen, forman huertos, crean un ámbito envolvente, sensaciones de lejanía o proximidad, de profundidad y perspectiva sonora, de belleza a distancia y por lo tanto de deseo.

Por eso tal vez hay quienes dicen que el jardinero no es ciego, que sólo cierra los ojos casi todo el día para multiplicar la sensación de caminar entre voces sembradas, florecientes, cosechadas.

Pienso siempre en ese jardín cuando me tocas con los ojos cerrados y tu respiración se altera en la mía. Cuando mi nombre se anuda indescifrable al tuyo en la noche. Cuando ya no sabemos lo que nos decimos y la ternura se nos llena de vocales largas, de quejas, de gemidos, de rasguños con la voz. Cuando busco en ti y hasta en los pliegues de tus sueños las más breves sonrisas de la luna. Cuando te pienso y te escucho como mi jardín de voces.

6. El jardín caníbal

En el Ryad más extraño de Mogador, oculto más que oculto, sólo se entra a través de una puerta estrecha en el fondo de la carnicería. Huele a carne cruda y a excremento de murciélago. Ahí una familia de carniceros, desde hace tres generaciones, ha sembrado plantas caníbales. Son unos árboles que lentamente rodean a otros y los secan, los pudren, los acaban. Es una variante rudimentaria del conocido *ficus*. Sus semillas son tan duras que para ser abiertas y germinar requieren antes pasar por los jugos gástricos de unos murciélagos que adoran sus frutos. Incluso se pelean a muerte por ellos.

Otros árboles, de muy larga vida, requieren un incendio en el bosque para que su semilla se abra y puedan reproducirse. Este *ficus* estrangulador se conforma con hambrientos murciélagos guerreros.

Cuando uno de ellos ha ganado la batalla se atraganta con el fruto, comiendo incluso la semilla, que es grande y amarga. El murciélago la desecha junto con sus excrementos, dejándolos en la rama de un árbol cualquiera donde se escondió para devorar con calma su botín. Ahí la semilla logra abrirse y germinar abonada. Lanza al aire un tallo que se pega al tronco de su árbol anfitrión y va bajando lentamente. Rodea y cubre el tronco hacia abajo hasta tocar el suelo.

Cuando el *ficus* estrangulador finalmente pone sus raíces en tierra, el árbol que lo aloja está perdido. Morirá irremediablemente.

Vi uno en los bosques lluviosos de Monte Verde, en Costa Rica, que estaba hueco desde hace tiempo. El grueso árbol que estranguló era ya polvo de aserrín olvidado. El invasor había tomado su forma pero sus nervaduras nunca cubrieron completamente el cuerpo de su víctima. Su tronco era como una copia defectuosa del anterior, pero su piel estaba llena de huecos que nos permiten mirar hacia su vacío interno. Detalle que lo hacía más perturbador y fascinante.

Los niños, adoradores sinceros de lo terrible, lo usaban como escalera para subir más de veinte metros hasta las copas de los árboles: esa región del bosque lluvioso donde todo vive más plenamente.

El carnicero mayor de Mogador goza mirando cómo en su Ryad caníbal una planta asfixia a otra y siempre hay otra más que le hará lo mismo. Los murciélagos también están felices en éste su Ryad favorito.

Sabes que quiero ser como esos murciélagos y comer tus frutas. Y si es necesario voy a pelear por ellas. Sabes que quiero ser esas ramas estranguladoras que te rodeen con hambre y suavemente te devoren. Pero también quiero que tu seas ellas sobre mi tronco. Sabes que mis deseos de ti me estrangulan, me convierten en escalera por la que subo hacia ti plenamente.

7. El jardín de vientos

Por la enorme fuerza del viento...
prosperan los errores y los prodigios
y el saltamontes verde del sofisma,
la virulencia del espíritu al borde de las salinas
y la frescura del erotismo a la entrada de los bosques.
Saint-John Perse

Cuídate de las mujeres que soplan
sobre los nudos de una cuerda.
Han anudado tu destino.
Proverbio marroquí

Era en Mogador la hora en que los amantes despiertan. Los nueve vientos de la mañana los envuelven, como a todo y a todos, en otra forma de obscuridad, prolongación invisible de la noche. Y en ese lento río de vientos trenzados bañan de nuevo sus deseos. Ahí, detenidos en el tiempo, hasta sin moverse se tocan.

Eso dice el contador de historias, el halaiquí. Y todos en la ciudad aseguran que debemos creerle. "Algunas veces nos revela lo que sucederá mañana, otras nos recuerda lo que ya vimos al llegar a la ciudad o lo que nos sucedió ayer." El halaiquí habla de vientos, de amores, de sí mismo, de todos nosotros:

Todos los viajeros que despiertan temprano en Mogador pueden ver de qué manera nueve vientos anuncian siempre la salida
del sol:

• Por la arena que se cuela bajo las puertas
cerradas sabemos que las dunas del Este
inician su ataque cotidiano a la ciudad ca-
balgando sobre una corriente de aire ma-
drugador que se conoce como El Oriental.

• Por los granos de sal que un fuerte viento del Sur, caliente y obscuro, hace estallar
mil veces a la misma hora sobre las murallas sabemos que se acerca la luz del día.

• Por el quejido diminuto de los techos
armados con maderas sensibles y capricho-
sas sabemos que el aire más frío de la noche se prepara para irse.

• Por el aleteo inquieto de las gaviotas (entre agua y viento salpicadas de espuma)
sabemos que ya son visibles para ellas los
peces en la bahía: el sol lejano, detrás del
horizonte curvo, se mete allá lejos en el
mar y como resultado aquí lo ilumina desde abajo, un poco antes del amanecer.

• Lo sabemos también por el agua de las
fuentes que comienzan a sacudirse de encima los restos de la luna.

• Por las granadas, con su corona inclinada al viento, que rompen cáscara todavía en el árbol y dejan asomar el enjambre de soles enrojecidos que llevan dentro.

• Por las hojas carnosas (que los poetas describen "delineadas como labios de mujer besando al viento") de la flor llamada Impaciencia Mogadoriana, que comienzan a moverse hacia al sol incluso un poco antes de que él asome su cabellera.

• Por los kaftanes recién lavados y almidonados de las mujeres que recién tendidos al viento bailan en las azoteas esperando al sol, como si recordaran la música, la inquietud, el coqueteo, el abrazo tal vez que hizo sudar a sus dueñas.

• Por las patadas crecientes de los niños a partir de los tres meses en el vientre de su madre, quienes despiertan a esa hora precisa para escuchar, a través de la cúpula tensa de piel que los cubre, el coro de los vientos que se anudan formando círculos concéntricos en ese estómago; como lo hacen también sobre todas las cúpulas de azulejos en la ciudad.

Hay quienes han podido dar nombre a todo eso que no se ve. Los vientos de la mañana en Mogador que acabo de mencionar son conocidos por los marinos como su Jardín de Vientos. Los piratas los usaban para marcar su territorio. Sólo los bucaneros de Mogador conocían los senderos invisibles que permiten entrar y salir del puerto. Hacían creer a sus enemigos que ellos los sembraban. Las flores exóticas, los árboles, los frutos de este Jardín de Vientos se llaman: El Oriental, El Negro, El Quejumbroso, El Ala de Gaviota o Ala de Espuma, El Celoso de la Luna, El Rey de las Granadas, El de la Boca Impaciente, El Gran Baile o Del Inquieto Coqueteo y El de Las Cúpulas. Y para desatarlos hay que aprender a conocerlos. Confluyen en la ciudad corriendo entre sus calles y entre las piernas y los oídos de sus habitantes para terminar concentrándose en ese viento mayor, elocuente y sutil, conocido como El Nudo de la Mañana o La Espiral Preñada o simplemente La Espiral de los Deseos. Y es ahí donde se inician todas las historias de Mogador que valen la pena ser contadas. Es aquí donde yo comienzo a trabajar, una vez que vea y oiga cómo y cuánto resuenan sobre la piel de mi tamborín las monedas que saldrán de sus manos.

Todo esto aseguraba con gritos y gesticulaciones bien calculadas el más famoso de los contadores rituales de historias en la Plaza Mayor de Mogador, la Plaza

del Caracol, mientras atraía a su público fiel y curioso, siempre contento de escucharlo.

*Quiero ser todos los vientos que te acechan, que te ci-
ñen, que corren hasta por tus venas. Los vientos que
secan la ropa y refrescan el cuerpo. Quiero ser el viento
de tu voz, de tu alma.*

8. El jardín de fuego

Huele a humo y su alegría no tiene límites, como si fuera el perfume de una flor extraña, nueva en su jardín, obtenida con infinita paciencia. Este jardinero descubrió hace muchos años, durante un incendio en el bosque, que las raíces siguen ardiendo bajo tierra cuando se supone que el fuego ya ha sido apagado. Decidió entonces sembrar un jardín de raíces altamente inflamables y controlar con canales de humedad en la tierra los cauces subterráneos del fuego. De tal manera que, como un ramillete de flores de fuego, las llamas brotan a la superficie quemando los matorrales o los árboles que él designa.

Camina en su jardín de incendios subterráneos percibiendo con su piel el calor que fluye lentamente bajo el suelo.

Planea rutas, las controla. Riega aquí o allá los contornos de sus canales. Y cuando la flor de flamas finalmente se abre donde él lo deseaba, reconoce en la planta que se quema el olor de la flor fugaz de su capricho ardiente.

La red de raíces que él no ve añade una dosis grande de fuegos imprevistos a su cosecha. El calor corre por cauces insospechados y lo sorprende al brotar donde él menos se lo espera. Entonces la belleza de sus flores se vuelve convulsiva, brutal. Una súbita embriaguez se apodera entonces del jardinero y el reflejo de las llamas en sus ojos se multiplica por el incendio de su mente.

Cuando el sol besa el horizonte, el jardinero piensa a veces que él sembró ese incendio del cielo. Que una imprevista e invisible raíz aérea conduce hasta las nubes su fuego y termina volviéndolas llamas quietas, brazas, y finalmente carbón.

Descubrió que la noche es eso, un inmenso carbón. Y que las estrellas son recuerdos diminutos del fuego incrustados en la gran bóveda de carbón. Flores fosilizadas. Piensa entonces que se requieren millones de años y millones de jardineros que cuiden su jardín para que sus propias flores de fuego brillen cada noche por sí solas.

Mientras tanto, cuando la obscuridad lo cubre todo, el jardinero dibuja en su jardín con sus flores de incendio un mapa celestial, una geometría de estrellas fugaces. Primero quería reflejar tal cual al cielo. Luego se fue animando a trazar sus propias constelaciones.

Hay quienes de noche vienen a leer su destino o el de sus seres queridos en el dibujo estelar de esta tierra sembrada. Y el guardián de la Gran Biblioteca Subterránea de Mogador sostiene que no pocas revoluciones, que él llama "fuego en la mente de los hombres", comenzaron como una de las flores brillantes en este jardín. Que lo mismo alzamientos en China, en Irán o en Patagonia tienen raíces que se extienden hasta aquí.

Cada vez que el jardinero siembra, riega y alumbra, sabe que siembra en el mundo una chispa inesperada; que la belleza de su jardín convulsiona imperios, tal vez hasta enciende estrellas en el firmamento, seca ríos en otro continente, derrumba rascacielos en flamas, decapita reyes.

También hay quien sostiene que a cada llamarada en este jardín corresponde una pasión tremenda. Que ni Romeo y Julieta, ni Abelardo y Eloisa escaparon al efecto de estas raíces que de forma misteriosa pero segura llegan hasta el corazón de ciertas personas.

El otro día el jardinero iba por la calle y se dio cuenta de que un hombre y una mujer desconocidos se miraron con ojos de deseo. Hubo una chispa simultánea en sus pupilas y por la intensidad que tuvo esa chispa el jardinero supo en qué parte de su jardín se había originado esa pasión, ese incendio (no todas las plantas arden igual) y corrió hacia el huerto sur de las palmas secas, para mirar desde su terraza el esplendor de ese repentino florecimiento. Y viendo su jardín supo en qué momento se desbordó el deseo de aquella pareja, cuánto tiempo hicieron el amor y cuándo se extinguió esa pasión.

Pienso en este jardín cuando siento en la piel el calor veloz de tus venas, cuando te acercas lentamente los pocos centímetros que nos separaban pero lo haces como si vinieras de muy lejos y muy decidida, cuando todo tu cuerpo me conduce hacia el calor más profundo que tienes y que, muy poco a poco, me devora entre las dos grandes flamas que son tus piernas, éstas que como

*incendio incontrolable, ayudadas por el viento, me
apresan, me atan a ti.*

*Pienso en la felicidad de este jardinero cuando
una y otra vez se enciende en tus ojos la alegría de po-
seernos, cuando tu boca dice tan sólo un crepitar, un
sonido de llamarada. Cuando me abrazas y eres brasa,
cuando me besas y eres esa que se dejó llenar todo el
cuerpo de raíces de fuego y mantiene viva siempre la
promesa de una flor brillante que nos queme.*

9. La flor solar

Era en Mogador la hora en que los amantes despiertan. Sus sueños y lo que escuchan se mezcla. Yo soñé que navegaba o de verdad navegaba hacia Mogador. Venía de las Islas Purpurinas, que casi flotan frente al puerto, donde había ido para buscar jardines nuevos. Llevaba en la mente de manera obsesiva la orden que me dio Aisha, la lectora de La Baraja, cuando fui a consultarla en mi búsqueda de jardines para Jassiba.

"Sal de ti mismo y vuelve a ti cuando seas otro. Sin darte cuenta ya habrás regresado a tu paraíso. Vuélvete una voz, un eco nueve veces repetido. Nueve como el dibujo de la espiral que nunca termina y se vuelve sobre sí."

Al desembarcar escuché con asombro en la Plaza Abierta del Puerto a un halaiquí que contaba una historia muy parecida a la mía. Como si yo mismo la contara cambiando nombres y detalles. Pero sin cambiar el nombre de Jassiba. Soñé que la escuché o alguien en la plaza de verdad la contaba.

A ratos estaba seguro de que era mi historia convertida en rumor inexacto, pero luego pensaba que era la de algún contrincante amoroso de cuya existencia yo me estaba enterando por azar en la plaza. Jassiba sin duda era la misma. Yo no sabía qué pensar. Pero todo tomaba forma de nuevo jardín para contárselo a Jassiba. Aunque ella fuera ahora el centro de éste. Claro que al despertar, si es que no estoy despierto, tal vez no me parezca un jardín adecuado para Jassiba. Y entonces quiera soñarlo de nuevo de otra manera. Porque era en Mogador la hora en que los amantes despiertan y hasta la noche y el día, por unos instantes excesivos, siguen confundidos, abrazados.

Según el halaiquí:

La mañana de abril que las murallas de Mogador estuvieron en sus ojos por primera vez, Juan Isidro Labra sintió que una nueva vida comenzaba para él en esa ciudad marina que parecía elevarse sobre la espuma de las olas como si al amanecer el aliento del mar se hubiese convertido en muralla. El veía surgir una flor urbana a la orilla del agua donde todos los demás sólo veían piedras.

Cumplía más de veinte años de dedicarse al cuidado de jardines alrededor del mundo. Era un jardinero nómada. Había oído hablar de "El Ryad de Mogador" como uno de los jardines más asombrosos que existen. Escribió a su creador una carta entusiasta anunciándole el deseo de su visita. Recibió una respuesta conmovida y hospitalaria de su hija. El Jardinero Mayor del Ryad acababa de morir. Ella lo recibiría con gusto.

Tan sólo una hora después de su llegada al puerto, luego de ocupar una habitación en la casa del Jardinero Mayor, Jassiba estaba mostrando muy lentamente el jardín de su padre al jardinero nómada, como dejándolo desear cada una de las nuevas zonas que le enseñaba. Cada terraza descubría un nuevo territorio de flores que nunca antes había visto. Cada pasillo parecía conducir a nada y se abría de pronto al gran recogimiento de una banca arrinconada de frente a una flor o se abría hacia una vista panorámica insospechada. Probó dátiles de sabor diferentes a todos los que conocía, con algo incierto de anís y de guayaba. Abrió higos que por dentro hervían y que sólo sirven para calentar el té.

Él disfrutaba cada rincón pero quería siempre más sorpresas y ella se las daba a desear cada vez con mayor coquetería. Después de un rato fue evidente que todo aquello era como si le estuviera mostrando los rincones más secretos de su piel. Una dosis enorme de promesa acompañaba cada gran entrega. Y él comprendía sensiblemente el sentido segundo de su visita.

La besó a la sombra de los naranjos. Una señal intensa en el silencio de Jassiba le indicó que ahí era donde su boca esperaba conocer la suya. Sus manos y sus besos llovieron suavemente sobre el cuerpo embarazado de Jassiba llenándola de escalofríos. Luego calmándolos con más besos. La fue desvistiendo tan lentamente como habían recorrido los jardines. A un paso sin prisa pero lleno de avidez, al paso del asombro.

El Jardinero nómada, con su imaginación teñida de verde, su sensibilidad terrosa y sus manos hábiles para los injertos, no pudo evitar que al desnudar finalmente el sexo de Jassiba y mirar abiertos sus anchos labios vaginales, como desdoblándose hacia él, su asombro los convirtiera en una flor, en la más asombrosa de las flores que él había podido ver en el mundo.

Los labios de Jassiba habían sido siempre abultados, tan notablemente grandes como pequeños eran sus otros labios, los de la cara. Pero el embarazo los había hecho crecer, no sólo en tamaño sino sobre todo en sensibilidad. Un roce los hidrataba y hasta el recuerdo de un soplido los convertía en marejada. Los había vuelto además caprichosos, dramáticamente expresivos y terriblemente volubles. Les daba por querer algo con ansia y ponían a su servicio a todo el cuerpo de Jassiba, incluyendo a los labios delgados que actuaban de pronto como hermanos gemelos de los labios de abajo, untándose más que besando, absorbiendo más que mordiendo y no pudiendo ya pronunciar sino los gestos más bien nocturnos y sonámbulos del deseo.

Y mientras la noche se apoderaba de la materia y la voluntad de esos labios entre sus mejillas, los otros, entre las piernas, resplandecían como seres solares, como una planta de hojas y pétalos carnosos estirándose hacia la luz y el calor del sol en el momento indiscutible de su mayor esplendor. Flor única: mediodía del cuerpo y cuerpo del mediodía. Nada podría ser igual nunca ante los ojos, el olfato, el tacto del jardinero. Acariciando con su mirada y con sus dedos esa flor, estaba hipnotizado por ella y se le acercaba lentamente, muy lentamente. Y hasta cuando cerraba los ojos escuchaba esa flor crecer hacia él con su música de saliva, de respiración cautiva.

Jassiba sentía también, pero claro, de una manera muy distinta, lo excepcional de su boca del sexo en ese preciso instante. Como si por fin toda ella llegara a una expresión que había estado buscando durante años y sólo sus labios bajos de pronto pudieran pronunciar. Como si su cuerpo saliera hoy de sus propios límites convirtiéndola en un poco más que ella misma. Jassiba desbordada hacia las venas de sus labios. Jassiba crecida, Jassiba sin límites conocidos. Su deseo era un torrente de sangre inundándola toda a marejadas con un ritmo de tambores roncos bajo la piel. Una tormenta de golpes marcaba la posesión absoluta de todos sus movimientos y de todos sus pensamientos.

Ninguno de los dos podía saber con certeza lo que era para el otro. Cada uno llegaba ahí navegando diferentes sensaciones. Aunque palpitaran los dos al mismo ritmo, mientras él veía cómo se abre y se sigue abriendo casi hambrienta una flor única, Jassiba sentía que su cuerpo era ya el canto cada vez más rápido y sediento de un tambor.

Sentía la más sutil pero la más poderosa de sus transformaciones. Toda ella convertida en el sonido corporal de una pasión que se anudaba como un afluente a los sonidos de su nuevo amante, el jardinero en viaje. Flor y río. Eso eran sin saberlo. Dos naturalezas diferentes que se encuentran y equívocamente se identifican en la feliz coincidencia de una palpitación. Cosas naturales transformadas por la mirada de cada uno de los amantes que ellos son, transformadas por la confluencia de sus latidos.

Desde un poco antes y de otra manera, Jassiba llevaba ya varios meses en metamorfosis diaria. Ella, que era una apasionada de las cerámicas, sentía que su embarazo era *una mano invisible de alfarero* modelándola a veces con torpeza y sin paciencia pero siempre con un interés obsesivo en el destino de sus formas. Pensaba en sí misma como un objeto de barro que algunas veces le gustaba y otras simplemente no. Había visto su cuerpo crecer lentamente, como una vasija que en el torno va tomando redondez muy acentuada. *Marea de nueve lunas.* La piel del estómago se estiraba con suavidad pero reclamando cremas y caricias, sobre todo arriba de las ingles. *Como tienda en el desierto inflada por el viento.* La piel de las nalgas se tensaba en algunas zonas y se aflojaba en otras. *Como ríos y lagunas mezclándose.* El ombligo se pronunciaba con terquedad como centro y nudo visible del mundo. *Donde todo se ata y se desata.* Una nueva corriente de vellos obscuros bajaba desde la nueva cima del ombligo hacia el Monte de Venus. *Catarata de sombras.* La base de la espalda se ensanchaba, no sin dolor de huesos desacostumbrados, como si de ella fueran a brotar pequeñas alas intrusas. *Mariposa Morpho descubriendo por primera vez que es azul y brillante.* Un carácter nuevo, más rugoso y obscuro se apoderaba de los pezones cada noche como si intuyeran su vocación de habitar la obscuridad somnolienta de una boca. *Antes de terminarla, el alfarero pone un puño de sombra dentro de su vasija.*

Ahora es tensa y suave a la vez, nuevas texturas le dan contorno. Quiere y no quiere, se siente ágil y torpe, vulnerable y fuerte, audaz y tímida, lúcida y somnolienta, hambrienta y repulsiva, bella y no tanto.

Jassiba había visto cómo su alfarero amante la convirtió en otra. Tanto que sólo ella podría saber a veces que no dejaba de ser ella misma. Era una recién nacida al sexo y al cuerpo de su amante. Toda ella era un nuevo ámbito. Como si más allá de su piel se extendieran los campos invisibles sembrados por sus transformaciones. Ella crecía jardín. Y ahora sólo podría verlo, sentirlo, entrar ahí. Sólo él sabía de qué manera reinaba en ese jardín la flor solar, la flor hipnótica de su sexo. Y a ella acercaba su boca lentamente.

Déjame ser ese jardinero nómada y en mis manos llevar hacia ti las de ese alfarero. Déjame entrar en la historia que cuentan de nosotros y entra conmigo en ella. Imprégnate de mí en mis palabras, en mis sueños que quieren conocer los tuyos.

Y el nuevo halaiquí de Mogador terminaba su ronda de historias, de nueve en nueve, contando sin pudor pero con máscaras su vida de jardinero. Preparándose para contarle a Jassiba hoy, una nueva. Porque en Mogador ya es la hora en que los amantes se encuentran y se cuentan historias.

El halaiquí que se hace llamar "El Jardinero" se niega siempre a decir si Jassiba fue seducida y conquistada por sus historias o si sólo él fue seducido por el mundo de Jassiba y conquistado para siempre a decir sí cuando es no, a desear de forma laberíntica y a contar historias de la misma manera.

A partir de aquí ya no sabemos nada, ni qué es cierto, ni qué es suyo, ni si vale la pena contar historias deshiladas aunque haya en su público seguidores que las aman y otros que las detestan. Él deshila y deshila y sigue contando... Él piensa obsesivamente en la historia que hoy por la noche le contará a Jassiba. Por ella se convirtió en una voz. En la voz de tierra del deseo. Óyela. Ya comienza de nuevo. Porque era en Mogador la hora en que los amantes despiertan.

¿Dónde terminan las historias que se cuentan en la plaza? Tal vez en nosotros que las escuchamos y las hacemos nuestras.

Mínima nota jardinera y agradecimientos

Viajar nutre a un jardinero
más que un sabio tratado
de jardinería.
Gilles Clément

Sin ser directamente libros de testimonio periodístico, en mis novelas están las historias, pasiones y pulsiones que varias mujeres me han contado. Esta, como mis otras exploraciones poéticas del deseo (*Los nombres del aire* y *En los labios del agua*) se nutre de esa confianza. Fue el erotismo de muchas mujeres embarazadas y la complejidad del deseo en ese momento único lo que desencadenó esta historia particular.

Para escribir este libro me fue necesario, además, buscar por el mundo esos lugares excepcionales donde la naturaleza se mezcla con la imaginación sensual, con frecuencia extravagante, de algunos apasionados. Todos los jardines que de manera directa o indirecta están en este libro son el producto de alguna pasión real, aunque fuera delirante. Ninguno es inventado por mí. Yo los cuento, otros los han puesto en el mundo. Visité más de quinientos jardines interesantes y leí acerca de otros cien aproximadamente. No todos aparecen aquí pero todos alimentan estas páginas. Muchas personas me han ayudado y acompañado estos años en esa búsqueda y se los agradezco aunque sólo pueda mencionar a algunas.

Margarita de Orellana antes que nadie, como si no hubiera jardín del que no fuéramos cómplices, desde la Patagonia Chilena hasta los Kew Gardens de Londres, pasando por el desierto del Sahara. Nuestros embarazos intensamente compartidos también están en esta historia. Mis hijos Andrea y Santiago han recorrido con nosotros desde los más inverosímiles bosques tropicales de Centroamérica hasta los más racionales jardines de Francia. Incluyendo los bosques y glaciares de las Montañas Rocallosas de Canadá. Por eso a ellos dedico este libro en el que de manera muy indirecta se asoma algo de todos nuestros recorridos.

Con Maricarmen Castro visitamos tanto los jardines clásicos de Francia, desde Villandry hasta Giverny, como los jardines más osados e imaginativos del Festival Internacional de Jardines en Chaumont sur Loire. *El jardín mínimo de piedras al viento* y *El jardín de las flores y sus ecos* vienen literalmente de ahí.

Glenn y Teri Jampol, en Costa Rica, durante siete años no han dejado de sorprenderme mostrándome desde los más ricos jardines de especies y de flores exóticas de la región hasta el de su Finca Rosa Blanca. Con ellos y sus hijas, Olivia y Lily, exploramos los asombrosos jardines de símbolos en el Valle Sagrado del Perú. Nina Subin y Eliot Weinberger, y sus hijos Anna Della y Stephan, han hecho con nosotros por más de una década intensas exploraciones tropicales.

Oumama Aouad Lahrech me llevó de nuevo a Mogador y me abrió las puertas del antiguo Ryad de su familia en Salé. A ella y a Tahar Lahrech, a Katia y André Azoulay, a Francisco Cruz, a Mohamed Ennaji y a Fatiha Benlabbah, mi traductora al árabe, debe el narrador de este libro una buena parte de los jardines que le abrieron el corazón de Jassiba. *El jardín de cactus viajeros* es de verdad un jardín mexicano en Mogador que creó el escritor canadiense Scott Symons, autor de *Helmet of Flesh*.

El jardín sin regreso se inspira en el sorprendente trabajo de arquitectura fantástica de León R. Zahar; *El paraíso en una caja* en su pasión por la marquetería y en los notables artesanos de la taracea de Mogador. Ambos jardines, en versiones ligeramente distintas, fueron prólogos a libros suyos publicados por *Artes de México*. *El jardín de lo invisible* se inspira tanto en las farmacias de los mercados de Marruecos como en el proyecto fotográfico de Patricia Lagarde, *Las flores del alma*, editado también por *Artes de México*.

Rhonda Buchanan me mostró los jardines equinos de Kentucky con su pasto azul y su primavera de flores temperadas. A donde por primera vez me llevó Manuel Medina. Danny Anderson me mostró los de Kansas, incluyendo el jardín clásico de Calder y el de cajas de grillos en el Museo de Arte de la ciudad, origen de mi *Jardín de voces*.

Nancy Peters, mi editora en City Lights de San Francisco, me llevó por primera vez a los Redwoods californianos. Christian Duverger nos colocó en la naturaleza radicalmente delirante de la Guayana Francesa y nos abrió las puertas de los ruinosos jardines del horror carcelario de la Isla del Diablo y sus islas vecinas.

Con Pilar Climent y Juan José Bremer conocimos los jardines de los palacios y de los harems de Samarkanda y Bujara, los luminosos bosques de abedules de Moscú y los jardines lúdicos y delirantes de Pedro el Grande en Petrogrado.

Con Alfonso Alfaro exploramos todos los jardines de París, de nuevo Mogador y detalladamente, por invitación de Luis Ignacio Henares y Rafael López Guzmán, los jardines de Granada, de los Kármenes del Albaicín a la Alhambra, pasando por el jardín ejemplar de Manuel Rodríguez Acosta.

El jardín ritual tejido se encuentra en realidad en el Museo Arqueológico de Chile y lo descubrí gracias a Luz María Williamson y a Roberto Edwards. John King me llevó a conocer los jardines de Lewis Carroll en Oxford. Natalia Gil me mostró el grave jardín de Newton y otros jardines clave de Cambridge y me contó los suyos de la India.

El jardín de nubes y *El jardín caníbal* son combinaciones de experiencias directas con jardines documentados por Gilles Clément en su exposición *Le Jardin Planétaire*. Los jardines que visité en libros requieren una nota aparte. La bibliografía del tema es amplia y muy interesante.

Este libro se escribió, se reescribió y sobre todo se desescribió, en muchos lugares y gracias a varias instituciones: The Banff Centre for the Arts, en Canadá, donde he sido durante varios años conferencista, escritor invitado y chairman de un programa de escritores; la Universidad de Stanford, en cuyo Centro de Estudios Latinoamericanos he sido Visiting Tinker Foundation Professor; y el Sistema Nacional de Creadores de México, del que fui miembro mientras escribía este libro y algunos otros.

Como las dos novelas anteriores de este ciclo, ésta ha sido ilustrada por el calígrafo mayor Hassan Massoudy. Han sido tomadas de sus libros *El jardín perdido*, *Caligrafía de tierra* y *El camino de un calígrafo* y de las que hizo especialmente para la edición francesa de *En los labios del agua*. Le agradezco de nuevo su amistosa generosidad.

Alberto

Caligrafías de Hassan Massoudy

 Apresúrate lentamente.

"Es de tu miedo que tengo miedo."
Shakespeare

 "La sabiduría no está en la razón,
sino en el amor." André Gide

El jardín perdido.

 Un equilibrio.

"¡El viento se levanta!
Intentemos vivir." Paul Valéry

 "Si lo que vas a decir no es más
bello que el silencio, calla."
Proverbio árabe

Darás a luz con dolor.

 De amor y de esperanza.

De inquietudes y de miedo.

Hacia los propios abismos.

Viaja, si quieres mejorar.
Recuerda que sólo recorriendo los
cielos la luna en cuarto
se convierte en luna llena.

Vamos.

El porvenir.

Nosotros somos el jardín.

Un mismo porvenir.

Ellos avanzaron.

Una dulce quietud.

Juntos dieron nacimiento a esta
raza humana.

En marcha.

Los jardines secretos de Mogador. Voces de tierra se terminó de imprimir en octubre de 2002, en Encuadernación Ofgloma, S.A. Calle Rosa Blanca No. 12, Col. Ampliación Santiago Acahualtepec, C.P. 09600, México, D.F. Composición tipográfica: Fernando Ruiz. Cuidado de la edición: Ramón Córdoba. Corrección: Valdemar Ramírez.